AF375021

JANSEY

O EVANGELHO

SEGUNDO A CARNE DE JESUS

ÍNDICE

Dedicatória	05
Índice	07
Maria	09
José	43
Judas	97
Madalena	161

MARIA

-   **Fugir para o Egito!?** – Me questionava indignada.

Novamente o Egito em nossas vidas. O Egito parece que sempre esteve em nós. Não é apenas escravidão, mas purificação. Fugir para lá não é uma simples sentença contra nossas transgressões, mas um caminho para apagá-las. É como se tudo de ruim ficasse ali, e tudo de bom escapasse de lá. De todo modo, as vezes é assim em qualquer lugar: queremos apenas escapar do que nos aconteceu. Enterrar distante dos nossos jardins o que nos traz vergonha.

Uns poucos meses e todo esse quadro era impensável. Escapar para o Egito? Jamais, pois ainda hoje simboliza em todos nós um regresso aos grilhões dos quais escapamos para experimentar o sabor da independência. Mas o Egito simboliza uma certa libertação, sem o qual não teríamos Moisés e a lei, mesmo que nada disto represente verdadeira liberdade, meros subterfúgios para uma existência suportável. Na prática trocamos as correntes egípcias para nos amarrarmos às cordas da lei. De onde se olhe nossos passos são sempre controlados, nossos sonhos são frustrados.

A liberdade que tanto perseguimos é uma ilusão. Nunca somos realmente independentes. É como este cenário que parecia estar traçado desde sempre. Quanto à mim, jamais me senti verdadeiramente livre. Pode ser estranho, porém me lembro muito bem de tudo, e eu sou apenas um milagre abandonado. Jamais entendi porque pais, que não podiam ter filhos, fazem jejum e promessa para havê-los e, logo em seguida, abandoná-los. Eu acredito que os cuidados de Deus começam no meio em que nascemos. Os filhos não devem crescer sem seus pais, especialmente uma filha, que precisa ser ensinada em tudo por sua mãe, aprender a ser mulher.

Acredito que seja ali, onde nem sempre as coisas se assemelham à uma verdadeira família, que a seu modo Deus nos comece a ensinar da vida. Nem sempre a família é aquilo que esperávamos, e quase nunca é. Tudo depende se estamos dispostos a aprender a lição que nos estão ensinando. As imperfeições de nossos pais nos ajudam a sermos pais melhores. As nossas provações deveriam apenas nos transformar em pessoas melhores e mais esperançosas. Porém, as vezes, algumas provações nos arrancam toda fé e esperança que havíamos. E as piores feridas são aquelas abertas pelas pessoas que amamos. Estas nunca cicatrizam.

Eu cresci ouvindo que aquela escolha tinha sido o melhor para mim. E eu a odiei desde o primeiro momento. Tudo poderia ser inteiramente diferente se meus pais me tivessem crescido. Não é que eu me sinta injustiçada. Na vida, nem tudo é uma questão de justo ou injusto, de certo e errado. O que eu provava era apenas o sentimento de uma filha que atravessou situações que poderiam ser evitadas. As nossas estórias de fé nos ensinam vivamente que nem sempre tudo vai bem apenas porque estamos perto de Deus. Quando estamos debaixo da luz é sempre mais fácil observar o que antes não havíamos percebido.

É, portanto, que ser educada por sacerdotes não me privou das tristezas que enfrentei, nem de ter minha beleza e minha inocência roubadas. Em um mundo machista a beleza de uma mulher é mercadoria de prazer pessoal, a hipocrisia de abnegação é falsa pobreza, a separação sacerdotal é hedonismo oculto. No final, todos se contaminam porque a impureza não está fora do homem, mas como parte de sua natureza. Na verdade, vergonhosamente aprendemos que Deus é um mero conceito na boca de seus representantes, e não um modo de vida. Aprendemos, como aprendi, que não existe santidade, mas apenas o mundano sob vestes religiosas.

Naquele ambiente eu deveria me consagrar e aprender mais de Deus, porém fui repetidamente abusada. Eu tive a alma violentada pela discriminação, a fé estuprada pela falta de testemunho, a minha feminilidade comercializada. Tudo porque aos olhos da lei eu não era frágil, eu era apenas inferior. É a lei que te priva do direito de escolha. A mesma lei que nos ensina de Deus, induz a menosprezarmos quem não é aparentemente perfeito. No final a lei não corrige, apenas julga, e o tribunal que a observa sofre de uma parcialidade completamente imperfeita.

O meu coração era revoltado. Conheci o inferno de ser uma mulher judia e os demônios de carne e ossos. Com o tempo os homens passaram a chamar de demônios seus impulsos vergonhosos. É muito mais fácil atribuir à uma força externa e invisível um comportamento que somos incapazes de justificar. E, assim, eu era impedida de gritar minha dor, como tantas outras que semelhantemente conheciam a impureza pelas mãos de quem deveria nos apresentar o caminho da santificação. Éramos todas prometidas para homens que ainda viam o sagrado naquele contexto, mesmo que nós fôssemos conscientes que não existia nada de sagrado e que na casa de Deus era como se ele não estivesse ali.

Objetivamente, éramos crianças abandonadas sob a hipocrisia de um voto. Criadas no templo e prometidas à anciãos ou viúvos segundo a usança tradicional. Nada podíamos opinar, nada podíamos escolher, e dali todas queríamos escapar. Ainda éramos infantis o suficiente para assumirmos qualquer tipo de responsabilidade e quando buscávamos à Deus, querendo dele uma participação espiritual maior que nos tirasse daquela situação, e que ele mesmo nos falasse qual era sua vontade em nossas vidas, éramos recriminadas e advertidas que às mulheres aquilo não era permitido. E para simples crianças aquelas palavras eram como se nem Deus nos quisesse. O que nos mantinha de pé não era mais a esperança de um futuro melhor, mas a beleza de uma promessa. Ninguém sabe o valor de uma promessa até que não perca tudo. Enquanto temos família e apoio, amigos e recursos, uma promessa não significa muito. Quando tudo vai bem, uma promessa é qualquer coisa de belo em que cremos, mas com a qual não nos importamos. Todavia, quando nada mais nos resta além de uma promessa, esta se torna a única razão da esperança existir, e nos educa a crer e a confiar, pois qualquer promessa necessita de tempo, um tempo liberto da urgência e desprovido de preço.

Aquela promessa de casamento fazia sombra às nossas dores e alimentava a esperança. Todas havíamos recebido essa mesma promessa. Uma espera que possuía data e hora marcadas, ainda que fossem agendamentos que se manifestavam diversamente em cada uma de nós. Tínhamos um encontro com a maturidade sexual e que, quando nos alcançada, seríamos resgatadas por quem Deus - ou a sorte - nos havia escolhido por marido. Este período no qual aguardávamos a menarca era um misto de esperança e medo. Queríamos o matrimônio mais para sairmos daquela realidade, sem, porém, sabermos o que era ser uma esposa.

A única certeza que tínhamos era que amaríamos nossos filhos de modo completo e inteiramente avesso ao de nossos pais. Nenhum voto nos apartaria de nossos filhos, não até que eles fossem capazes de entender o quanto eram amados. Eu, por outro lado, havia sido prometida à um homem bem mais velho e viúvo. Mas, desde quando José me assumiu como uma sua responsabilidade, jamais me dirigiu a palavra, nunca esteve presente em minhas aflições, nunca soube que eu sofria resignadamente, e eu nunca deixei transparecer. É interessante como somos capazes de dissimular o sofrimento debaixo do jugo da opressão.

Havíamos nos tornado hábeis no fingimento. A vida religiosa estava em constante declínio. É como se tudo estivesse inevitável e tragicamente conectado. Para uma nação que jamais foi realmente livre, que do Egito havia enfrentado tantos outros inimigos, e que hoje se via novamente dominada, era um quadro que fazia até o mais espiritual dos homens perder a fé. Diante de tais circunstâncias reina o medo, e não o Senhor. Por causa da lei a fé em Israel funciona como freio aos impulsos humanos. Quando a fé fraqueja, tudo aquilo que a lei procura prevenir se faz libertina e dolosamente presente.

E quando o sofrimento e a tragédia nos fazem perguntar onde está Deus, a única coisa que encontramos é o pior de nós mesmos. É que sem Deus não nos tornamos independentes, nem maiores ou melhores. Todavia, apenas a ideia de Deus extrai o que há de melhor em nós. O homem não nasceu para se tornar divino, e é próprio quando persegue o que não pode ter ou ser que perde a própria humanidade. Nós não existimos para nos tornarmos algo que na verdade não somos, não temos obrigação alguma de mudar, mas apenas de sermos aquilo que sempre fomos e manifestarmos nosso melhor, assim como a compaixão de Moisés convenceu Deus a não matar nossos ancestrais no deserto.

Quando nos dedicamos a ser aquilo que realmente somos, deixamos aflorar nossas virtudes, mesmo que sempre acompanhadas por nossos defeitos. Os defeitos existem para não nos tornarmos independentes, pois são nossas imperfeições que nos tornam dependentes uns dos outros, como são nossos pecados que nos aproximam de Deus. O perfeito revela em nós apenas soberba e aparência, comportamentos que nos destroem reciprocamente e que estão sempre mais presentes na arrogância espiritual. Achar-se melhor daquilo que é realmente, é como olhar para si mesmo com os olhos cheios de areia e haver sempre a ilusão que sabe o que está enxergando.

E se a vida em Israel ainda hoje é assim, existe uma condição pior que titubear na fé, que é quando perdemos a vontade de continuar havendo esperança. E eu me encontrava deste modo. Eu não queria mais acreditar ou confiar nas profecias antigas. Eu me sentia como se tivesse sonhado sonhos perdidos por toda a vida, e não existe nada pior do que se conscientizar de que certas coisas jamais acontecerão. O meu sorriso já não escondia minhas lágrimas. Sem sonhos é como se a alma fosse adotada pelo sofrimento, e nem o sol escaldante do deserto consegue iluminar a jornada.

Perder a força para haver esperança é algo além do desespero, é mais do que não ter esperança. É não querer nunca mais sentir esperança. Quando se perde a esperança não é que se perde a paciência ou que se canse de esperar. Perder a vontade de haver esperança não tem nada a ver com o tempo, este nem percebemos mais, pois não é que se passa a fazer as coisas no hoje. Simplesmente não se faz, não se sabe mais o que fazer, nem quando fazer, nem por onde começar, nem muito menos porquê fazer. O único sentimento que existe é o de que nada irá mudar, independente daquilo que se faça ou da fé que se tenha, ou do quanto se dedique naquilo.

Perdida a esperança, se morre por dentro e os sonhos se apagam. Eu não tinha porquê alimentar mais qualquer perspectiva. A minha mãe não me ajudaria a escolher meu vestido nupcial, eu não esperaria meu noivo no altar. Nenhuma festa de bodas, nem vinho, nem música, nem dança. Nada. Nem eu me apaixonara e nem o casamento fôra acertado por minha família. Era tudo estranho e vazio e eu era uma mulher privada de seu propósito: ser esposa fiel do homem que ama. Uma vez que meus sentimentos e meus sonhos me foram negados, eu não poderia ter esperanças melhores. Eu nem conseguia e nem queria mais ter esperança.

A única pergunta que me fazia repetidamente era como se amava alguém por quem não se havia apaixonado? Apenas hoje eu sei que o verdadeiro amor, aquele que dura, se aprende com o tempo. O amor não é um sentimento que nasce violentamente, mas é o sentimento que nos ensina a reconhecer os valores do outro, que se aperfeiçoa com o contato. Um sentimento que eu desconhecia completamente quando Deus me escolheu José como esposo. Naquela época o único sentimento que eu alimentava era aquela espécie de desespero, já que a morte eu não a encontrava.

O desespero, por sua vez, é capaz de criar abismos. Sempre se tem algo a perder, mesmo quando pensamos que não temos mais nada. Ninguém jamais fica sem nada enquanto estiver vivo. Existe sempre a probabilidade de algo diverso acontecer, algo que nos traz profundo arrependimento por nossas inconsequências. Eu, que esperava o dia de ser entregue a José, era protegida no templo. Todas nos sentíamos seguras pois, além de ser o templo do Senhor, a milícia romana fazia guarda externa. Os anciãos que nos esperavam como esposas, pagavam aos guardas para que nos observassem e protegessem, e ali, num ambiente dedicado às orações, os muros pareciam fortalezas, e o sono se dormia pesadamente.

Quando tarde noite, numa nação em guerra, os guardas que vigiam os muros invadem nossos dormitórios, a primeira coisa que nos assalta o pensamento é que vieram nos salvar ou proteger, mas nunca que vieram nos violentar. O abuso é de violência tal que se conhece apenas quando vivido. Até então se houve falar, se sabe o que é, porém jamais se imagina que nos possa acontecer. E quando acontece, quando o corpo de uma mulher é possuído por alguém que não ama ou desejou, não se sente como se fosse usada, sim como se fosse invadida, é como uma sujeira da qual nenhum banho consegue limpar. Daquela noite eu não durmo mais, eu não sonho mais, eu não choro mais.

O único pavor que me percorria as veias, era o que pensaria José no dia em que eu lhe fosse entregue. Eu não tinha como lhe dizer o que me acontecera, pois em tal ambiente a culpa seria sempre minha. A palavra de uma mulher, abandonada pelos pais, crescida em um templo sacerdotal, que relevância teria contra o conteúdo da lei? Por isso, repetidamente eu pedia à Deus que, se realmente ele existisse, tivesse a misericórdia de retomar a vida que me dera. Eu não a queria mais, não me sentia um milagre, nem via minha beleza como um dom. Antes, eu me sentia morta, amaldiçoada e condenada.

Os dias eram mecânica e insuportavelmente vividos. Perdi as contas de quantas vezes atentei contra minha vida, de quantas pensei em me abandonar ao vazio, à loucura. Durante os banhos eu esfregava pedras no corpo, querendo arrancar de mim o que não fosse José. Caminhava de cabeça baixa procurando esconder minha vergonha. O desespero, ao início, se refugia na fé, na oração. Mas, quando a oração recebe uma resposta silente, e os dias se passam, e nada se renova ou transforma, então o desespero se refugia nas sombras, na morte, no desejo de inexistir.

Aquela noite havia mudado não apenas quem sou, mas todas nós. Era um fardo pesado demais que havíamos jurado silenciar. A minha vida, pessoalmente, começou a melhorar quando Zacarias iniciou suas atividades sacerdotais. Ao menos me era possível falar com Isabel todos os dias. Porém, quando a criança no ventre de Isabel saltou, reconheci que algo em mim também crescia. E meus dilemas aumentaram. Por que eu? Por que apenas eu? Nenhuma das demais se achavam grávidas, apenas eu. E por que? Desorientada, a mentira parece uma alternativa viável em um mundo de superstição, e quando as vestes não me escondiam mais a barriga, eu culpei a Deus e disse que era seu, obra e responsabilidade suas.

Na verdade, não queria perder a criança. Ainda que a lei me desse por culpada, a criança em mim era inocente. Dentro, eu acreditava piamente que quando respondi a José que não sabia o que tinha acontecido e que a minha gravidez se tratava de um milagre, não havia mentido. Um milagre depende de quem o observa. Dois estranhos que dividem o pão para muitos não é um milagre, mas o é para quem tem fome. Eu estava me tornando adolescente, mas, era apenas uma criança abandonada. Em tais circunstâncias qualquer um crê em qualquer coisa, mesmo que depois me tenha confessado à José, exigindo dele mais que apoio e compreensão.

Ainda assim, as circunstâncias se desenvolveram de modo que decidiram me obrigar a beber aquela maldita água, e o desespero, o medo de perder meu filho, me consumia os ossos, enquanto meus lábios se aproximavam de Deus e eu lhe dizia tudo aquilo que não podia esconder. Diante de mim estava o meu pecado, se porque era mulher ou judia, contudo, era inteiramente meu. Todavia, em minhas lágrimas era também presente a minha devoção de mãe. Ali, na confusão daquele terrível e indescritível quadro, eu não me importava mais com as consequências que viriam sobre mim. É que quando sofremos continuamente, a morte é mais que um alívio.

A minha angústia era o tormento de não saber o que aconteceria ao meu filho. Ele já era tudo o quanto me importava. As pernas me faltavam, os braços tremiam, mas devia confiar nos planos divinos e em José. Depois de falarmos a respeito e decidirmos, nos apresentamos à prova revestidos de falsa segurança, pensando que na pior das hipóteses morreríamos juntos. No meu rosto havia uma certeza de paz, mas em minha alma um tormento infernal. E enquanto o medo me abraçava, minhas orações foram interrompidas por uma presença, nem humana, nem divina, apenas o necessário para mim, como se o tempo parasse a minha volta.

- **Mulher, o que temes?** – Me dizia aquele estranho.
- **Tenho medo daquilo que será da criança que porto no ventre.** – respondi com a voz trêmula.
- **Esta prova é uma sentença contra a tua vida, não contra a vida da criança.** – Explicava o estranho.
- **Ainda assim tenho medo.** – Argumentava.
- **Por ti ou pela criança?** – Continuava ele.
- **Pela criança.** – Respondi.
- **Te disse que à criança não sucederá mal algum.** – Rebatia o estranho.
- **Mas se algo me sucede, eu que porto a criança no ventre, inevitavelmente sucederá também à criança.** – Eu tentava explicar com a voz encharcada.

- **Porém, eu te disse que não sucederá nada à criança, então, a sua portadora estará também a salvo.** – Disse aquele estranho.

Desmoronei. Já me era impossível conter as lágrimas, e eu me debulhava em soluços. Como era possível tamanho milagre? Um milagre que se manifestava apenas em mim mesma. Afinal, um milagre nada mais é que a solução de um sofrimento inteiramente particular. Eu não tinha resposta, mas também não tinha mais dúvidas. Suportei a prova com uma das mãos agarrada ao ventre, os pensamentos em Deus, suplicando que preservasse a vida daquela criança para que eu lhe pudesse ser a mãe que não tive, para que eu lhe pudesse amar como jamais fui amada.

- **Que seja conforme as tuas súplicas.** – Me interrompeu o estranho.
- **Quem és?** – Perguntei.
- **Alguém em quem perdestes a fé tanto tempo faz, mas que jamais perdeu a fé em ti.** – Me disse ele.
- **Meu Senhor!** – exclamei admirada – **Por que eu? O que será de José? Ele não merece nenhuma injustiça!** – Perguntei angustiada, as dúvidas me atormentavam e eu tinha tanto a perguntar.
- **Eu te disse que nada sucederá à criança.** – Respondeu.

A sua voz era confiável, potente dentro de mim, como se o som de vários trovões ecoassem dentro de meu peito, mas fora ninguém ouvia nada, quem clamava comigo para que eu superasse aquela provação não sabia o que se passava em meu íntimo, nem tinha noção de com quem eu falava. Mas, por que eu? Todas as demais não eram vítimas como eu? Não sofriam como eu? Por que eu sim e elas não? Quando as notícias nos chegaram, soubemos que algumas vomitaram, outras tiveram hemorragia, tinha quem havia abortado. Todas beberam daquela água, enquanto eu permanecia ilesa.

- **Tu és Maria, mãe perfeita sem que teu filho te tenha ainda nascido. Tu o tens amado com o desejo de ser mãe, e não como o fruto de um pecado. O pecado nem sempre é o gesto que se consuma, mas sim o desejo que se consumou em gesto. A criança que hoje cresce em teu ventre dividirá o mundo em dois: antes de depois dele. O que existe de especial nele não é divino, é inteiramente humano. Ele será o resultado do amor de seus pais. Assim como hoje apaziguo o teu coração, apaziguo aquele que te será por esposo, que retornou a casa sua aflito por quanto ele também te ama de maneira perfeita, e o amor tudo vence, inclusive o preconceito. Nem esta provação e nenhuma outra coisa fará mal a esta criança, pois no dia que a morte o cercar será porque ele decidiu que**

fosse assim. A vida que nele brota é dele por direito, nem tua, nem de seu genitor, nem de teu esposo, nem de nenhum sacerdote ou lei que o possa privar do simples direito de existir. Da tua experiência ele interpretará a lei, e com o mesmo amor que verá na vossa casa, ele amará o mundo. E será esta particularidade sua a diferença que transformará o mundo, pois um messias, Maria, não precisa de templos, linhagem, consanguinidade, leis, ou deuses, mas de um exemplo a seguir, de um lugar para chamar de casa. – Me disse o estranho.

- **Eu porto o salvador no ventre?** – Perguntei espantada.

Aquela presença desapareceu como havia surgido. De onde eu estava, ouvia os gritos aterrorizantes de aflição de minhas amigas que incomodavam e forçavam os sacerdotes a subirem a colina para ver o que acontecia, enquanto eu, sã e em saúde, sentia a força daquela criança me acalmar o coração. Deveria ser consagrada, deveria ser especial, deveria ser nazarena. Apenas assim permaneceria sob meus cuidados, perto de meu colo, junto de meus braços, até que estivesse pronto a enfrentar o próprio destino. Em um cenário de inteiro desassossego, eu me levantava com a mais pura calma no olhar, convicta que o Senhor me perdoara pelo que acontecera.

Batendo das vestes a poeira, cobrindo a cabeça em respeito, aquela aparente e falsa calma com a qual iniciara minhas orações, desaparecera dando lugar à uma paz intransponível, à uma segurança inabalável. Os sacerdotes olhavam com estranheza enquanto socorriam minhas amigas. Aquela fantasia infantil que nos havia feito inventar a "seita das puras", hoje se manifestava em apenas uma de nós. Era algo a esquecer e havíamos superado o pior.

- **Maria, é você a escolhida?** – Perguntara Abigea.
- **Eu não sei. Aquilo que sei é que não tenho mais medo.** – Era a resposta mais sensata.
- **É você Maria? Graças a Deus**. **O senhor é contigo!** – Exclamava Susana.

Nos dias que se passaram ninguém mais me dirigia a palavra. Todos haviam um certo medo e repulsa nos olhos sempre que me fitavam. Eu não me importava. Isabel me havia aberto as portas de casa sua e a convivência com um sacerdote silenciava as más línguas que se apressavam, enquanto eu me dedicava inteiramente ao meu filho. Passados seis meses, José me portou à casa, mas a única frase que me disse foi: "que seja feita a vontade do Senhor".

Dividir o mesmo teto com José foi o momento mais feliz de minha vida depois daquela fatídica noite. Eu ainda me lavava esfregando no corpo qualquer coisa de áspero, chorava escondida, me auto castigava, todavia, na medida que a barriga crescia, a fé também aumentava, e eu superava meus traumas para me tornar a mãe que aquela criança merecia. Em seu silêncio, José me havia coberto de carinho, amor e proteção, e desde que começamos a viver juntos eu sabia que jamais seria uma esposa tão digna quanto o marido que me havia escolhido.

Com o tempo, porém, as lágrimas de culpa pelo que me ocorrera se transformaram em remorso por aquilo que eu causava à José, e em alguns dias eu me sentia ainda mais impura. Aos olhos da lei eu era maldita, não fosse a proteção divina, eu estaria sentindo muito mais que apenas remorso. Jamais perguntei à José e até hoje não sei se os sacerdotes o obrigaram a me tomar como esposa por havermos superado aquela provação, e sinceramente penso de não querer jamais saber da verdade. Olhando-o vejo um homem dedicado à família, de coração puro e temente à Deus, porém, quando me vejo no espelho contemplo apenas uma mulher indigna das bênçãos que recebeu. É este o efeito da lei, um legalismo que nos aniquila lentamente.

Viver naquela condição me apaziguava e me agitava ao mesmo tempo. Eu me encontrava onde deveria e queria estar, mas não ouvir de José nada além das palavras necessárias para funcionar bem a casa, me causava estranheza, um sentimento de inferioridade. Era como se eu fosse uma sua obrigação, enquanto ele era o meu ideal de homem e amor perfeito. Eu era consciente de não o merecer, não era meu desmerecimento que me maltratava, pois eu aceitaria viver sob qualquer condição desde que pudesse permanecer ao seu lado. O que me doía era o desprezo. Eu preferiria mil vezes mais um seu grito, uma sua tapa, um seu olhar de ódio ou tristeza, que aquele seu olhar por terra, contemplando o vazio. Na mesa era como se sua alma não estivesse ali. Nas noites, quase sempre passadas em claro, eu fingia que, dormindo, acidentalmente me debruçava sobre seu peito, dentro de seus braços, procurando muito mais segurança que prazer, mesmo porque eu conhecia a dor, e ainda não o prazer. E, todas as vezes, carinhosamente ele se afastava, deixando que minha cabeça se acomodasse em um pedaço de pano e, enquanto me girava as costas, lágrimas quentes me escorriam pela face, era quando eu gemia em silêncio. O que eu experimentava não era a tristeza de sentir-me rejeitada, era a dor de não agradá-lo ou fazê-lo feliz.

De um certo modo eu pouco sabia daquilo que ele estava suportando. A ausência de uma vida pública não impedia que as pessoas maltratassem a bondade de José, ferindo-o publicamente com a minha vergonha. Acerca disto, falar era desnecessário. Eu apenas sabia cada vez que ele passava pela porta de casa depois de um dia de trabalho. O seu semblante era pesado de maneira que me era impossível observá-lo. Os meus braços queriam correr para abraçá-lo, enquanto minhas pernas me acorrentavam ao chão, pois se era eu o motivo de sua vergonha, que bem lhe fariam meus braços?

- **Maria?** – Chamou-me José enquanto eu me voltava aos afazeres de casa.
- **Sim, José?** – Respondi.
- **Abraça-me...** – Pediu-me.

Assim, muito mal ele havia terminado de me falar, e eu já me pendurava em seu pescoço. A dor que nos separava havia, finalmente, nos aproximado, pois era, naquele momento, a única coisa que tínhamos em comum, e para mim isso bastava. Eu não apenas o abracei. Eu o beijei, o lavei, o despi, me entreguei. Ele era tudo o que eu tinha e meu bem mais precioso e, enfim, eu era completamente sua, não mais apenas sua vergonha.

- **Devemos nos aproveitar daquilo que aconteceu nos tempos de Herodes e fugirmos para o Egito.** – Disse-me José enquanto descansávamos.

- **Mas, e suas coisas, seus pertences, tudo que você herdou de seus pais?** – Perguntei frustrada.

- **Quirino está para realizar um senso e é nossa oportunidade para que, de regresso, eu registre a criança em meu nome. O resto não importa. Alguns primos meus estão na vizinhança do Horebe, e podemos estar ali por alguns dias, e quando regressarmos nos mudamos para a região da Galileia, onde não nos conhecem, para darmos a esta criança um futuro longe de acusações e preconceitos.** – Respondeu-me com o olhar pleno de amor.

- **Você tem certeza desta decisão? José, você já sofreu demais, e eu não quero adicionar ainda mais sofrimento na sua vida.** – Argumentei.

- **Maria!? Você me ama? Depois de tudo quanto nos aconteceu, passei estes meses lhe observando, e tenho visto seu zelo e temor, e não posso julgá-la pelo que aconteceu, pois Deus visivelmente te perdoou. Mas, a minha dúvida é se você me ama?** – Perguntou-me José.

- **José, eu não poderei jamais demonstrar aquilo que sinto por você, pois enquanto você fielmente me esperava, aconteceram-me tantos desgostos que afogaram minha alma. Todavia, eu te amo, pois nada** daquilo mudou quem sou e a promessa que recebi. **Mas, como posso demonstrar? Tenho me dedicado à você e sua família, que hoje é também minha. A minha vida tem sido sua, esperei com paciência seu toque, lhe desejando a cada respiro. Diga-me como posso demonstrar aquilo que sinto?** – Respondi aflita.

- **Você apenas o fez. Eu reconheço em você sua sinceridade, mas não entendo o motivo de tanto sofrimento em nossas vidas, e isto me maltrata, pois ainda que algo se pudesse dizer a respeito, não sei se serviria. O sofrimento não nos traz qualquer lição, a não ser amargura.** – Respondeu-me com a voz embargada.

Eu pude apenas abraçá-lo com todo meu corpo, agarrá-lo com minhas pernas, fazê-lo sentir a criança que, enfim, se movia em paz e tranquilamente, reconhecendo em José o melhor pai que poderia desejar. E nos fizemos um, confundindo nossas essências.

- **Foi formidável, tudo, cada instante...** – Respondi ofegante.
- **Me perdoe pelas vezes nas quais explodo, pela minha insegurança, você foi tudo aquilo que me restou.** – Desabafou José.
- **Eu sei que aquilo que você fez por mim eu não terei jamais como retribuir, mas o que posso fazer por**

você? Você é especial em tudo aquilo que faz, um homem que posso apenas admirar... – Procurei explicar, e já me interrompia.

- **Eu não quero que você me faça nada, além de voluntariamente sentir-se minha**... – Disse José.
- **Mas, eu sou, José.** – Retruquei.
- **Maria, eu quero apenas que quando eu sair de casa para trabalhar, você me abrace como se não fosse voltar a me ver; que quando eu estiver na porta e te olhar com aquele jeito de quem não quer sair, você me olhe com o desejo de que eu volte cedo; que quando eu passar pela porta, você se atire em meu corpo me desejando e me pertencendo; que cada vez que você me olhar deixe os olhos marejando, deixe as lágrimas correndo, faça com que eu veja que você não sabe viver sem mim.** – Me disse, daquele jeito, com aquele tom, que apenas eu conheço, que apenas eu encontrei, que é inteiramente meu.

José, então, se programou para abandonarmos casa, a casa que havia pertencido à sua família por várias gerações. E me fazia mal deixar tudo para trás, pois me sentia de um modo ou de outro responsável pela decisão que ele devia tomar, ainda que fosse o melhor para a criança, eu sei o quanto era difícil para ele mesmo, e isto me dava um completo sentimento de inutilidade.

Para explicar sua brusca decisão aos filhos e familiares, José contou de um sonho no qual via no senso de Quirino uma justificativa para repetir-se em Israel o que fizera Herodes anos antes e, assim, havia decidido de escapar para me proteger de qualquer ato de violência. Depois de discutirmos nosso plano, resolvemos não vender as propriedades herdadas por José, e as deixamos aos filhos de seu primeiro casamento. A angústia me consumia e eu me sentia sempre culpada. Por minha causa José estava abandonando o que possuía, fazendo um acordo com seus primos que cuidavam de ovelhas no Egito.

Eu, que queria apenas escapar, encobrindo o rosto por vergonha e não temor, já não tinha mais vergonha de nada. Aquilo que ainda sentia era a sensação de não ter sido a mulher que José merecia, porém aquele homem, com o semblante humilde e cansado, se abaixava à minha pequeneza, e eu o seguia cegamente, procurando não ser um peso maior em sua vida. Todavia, não tínhamos a menor ideia de quando deveríamos viajar, qual seria o melhor momento. Éramos seguros que o melhor seria a noite, pois os demais conhecidos não nos veriam fugir, e amanheceriam com a surpresa de nossa ausência. Eu já não saia de casa há dois meses, a barriga não se podia esconder, e procurávamos evitar novos escândalos.

- **Maria, devemos andar agora. As coisas estão prontas?** – Acordava-me José em plena noite.

- **José? Por que agora? É noite funda...** – Respondi.

- **Venha ver aqui na janela. Marte brilha mais que qualquer outra estrela. Eu não sou um esperto em astrologia, mas não penso que seja um evento ordinário. O problema é que se eu vejo o brilho de Marte como um sinal, todos os demais em Israel terão a mesma impressão, e é melhor escaparmos agora mesmo.** – Respondeu-me.

Quando vi o fulgor de Marte no céu, a criança me chutou no ventre, e apressei-me com José a deixarmos casa. Abandonando todos os demais pertences, portando uns poucos vestidos, José caminhando para conduzir duas ovelhas e uma vaca a fim de, em um imprevisto, nos fornecerem leite para a criança, eu montada no único animal de carga que havíamos, pois todos os outros tínhamos vendido para termos algum dinheiro conosco, iniciamos estrada, inteiramente iluminada pela lua e por aquele brilho que Marte emitia. Apenas fora da cidade, o deserto se fazia claro. Nenhuma escuridão, nada podia se esconder e, assim, decidimos não passar por Samaria, e pegamos o caminho que beirava o mar morto até Belém, onde nascera José.

Aquele percurso, ainda que mais longo que passar por Samaria, nos pouparia de qualquer ronda noturna que os guardas romanos eram acostumados a fazer aos samaritanos, por causa dos constantes conflitos e milícias hebraicas e, passando Jericó, a situação se faria mais calma. Em Belém poderíamos fazer uma pequena pausa, comer algo com os familiares de José, e prosseguir por mais alguns quilômetros até Ein Gedi, porém, nossos planos se alteraram improvisamente. Passando Jericó, a criança recomeçou a chutar e as dores se fizeram sempre mais constantes. E, entre Belém e Efrata, eu não suportava mais.

- **José, preciso parar.** – Falei.
- **O que houve?** – Perguntou-me preocupado.
- **Acredito que seja hora e que a criança em mim queira ver o mundo. É uma bela noite.** – Respondi ofegante.
- **Entendo. Consegue aguentar ainda um pouco? Estamos quase na minha cidade.** – Perguntou-me José.
- **Acredito que não. Precisamos encontrar um lugar coberto e, se possível, ajuda.** – Respondi.
- **O meu pai havia uma propriedade nesta área. Perto de onde portava o rebanho para comer existia uma gruta na qual eu e meus irmãos havíamos edificado uma pequena coberta para nos protegermos da chuva ou do calor. Vou verificar.** – Respondeu-me enquanto se afastava.

Naquela noite clara, mais branca que qualquer outra, nasceria meu filho. Eu sabia que seria um belíssimo homem. O silêncio era ensurdecedor, as pernas tremiam, e aquele jumentinho tinha sido tão bom e fiel. Enfim, nos conheceríamos: minha criança e eu. As lágrimas me escorriam pela face enquanto eu me lembrava de tudo quanto havia suportado. Quando atravessamos uma estrada dolorosa não conseguimos perceber a presença de Deus ao nosso lado, mas ali, naquela noite vazia, eu reconheci como ele sempre me esteve perto. Eu creio em um Deus assim, o qual transforma maldições em bênçãos. Uma vida não pode jamais ser maldita, e meu filho não morreria por causa daquilo que me acontecera.

E, assim, nunca alcançamos o Egito. Nos planos de Deus não existem acidentes ou acasos, esta é apenas a maneira humana de interpretar o divino. A profecia de Balaão se cumpria no meu filho de maneira tão natural que se fosse planejada não sairia exatamente assim. Os planos de Deus para Jesus eram em Israel e não no Egito, ou talvez fosse melhor dizer que os planos de Deus para Israel se cumpriam em Jesus.

- **Achei! Hoje habita uma família ao lado que, infelizmente, não possui estrutura para nos acolher, mas a caverna se encontra ali da maneira que me lembro.** – Falava José apressadamente.

- **Então vamos, não tem importância desde que estejamos unidos.** – Respondi.
- **Maria, como você é forte, perdoe minha distância nestes meses...** – Disse-me José.
- **Não importa José, o que me importa é que sou tua, que estamos juntos, que você não desistiu de mim! Na tua distância eu te amava em silêncio, e no teu silêncio eu te amava a distância.** – Expliquei.

Enquanto eu me ajeitava no jumento, terminando minha frase, José me agarrava em um terno, quente e doce abraço. E foi assim que me senti amada pela primeira vez. Eu queria me conter, mas era impossível. O pranto me escapava pela boca.

- **O que houve Maria?** – Perguntou-me José, me segurando nos braços, procurando entender meu pranto.
- **Apenas me abrace mais forte!** – Pedi, me agarrando ao seu pescoço, esfregando os lábios em sua barba, sentindo seu cheiro e meu corpo apertado ao seu.
- **Maria, eu não sabia que havia te maltratado tanto.** – Disse-me.
- **José, você jamais me machucou. Hoje choro porque sinto desaparecer o quanto eu te machuquei.** – Disse-lhe.
- **Você também jamais me machucou, não foi culpa sua. A minha revolta era com Deus.** – Respondeu-me José.

A esta altura eu soluçava perdida em tamanha comoção. Apagaram-se as dúvidas, a revolta, o ódio. Ali, naqueles trinta metros nos quais José me carregava nos braços, tivemos o mais forte diálogo que nos havíamos negado nos últimos quinze anos. A dor me havia amadurecido o suficiente para que eu visse em José tudo aquilo que não apenas eu precisava, mas que eu sempre desejei. Ele era meu mundo e meu tudo que eu havia apenas descoberto.

- **José, não teve um dia no qual eu não me tenha feito a mesma pergunta em oração. Mas, quero que você saiba que eu andei escondendo meu rosto e meu corpo por respeito a ti, jamais olhei outro homem nos olhos por respeito a ti, jamais vi outro alguém despido por respeito a ti. Os meus melhores dias eram aqueles nos quais você me visitava no templo. Eu te olhava distante te querendo, sabendo que já te pertencia, mesmo não entendendo nem os motivos e nem a razão do abandono de meus pais. Porém, impedidos de nos aproximarmos, mesmo assim, dentro de mim eu sabia que aquilo que eu seria como pessoa, mulher e esposa, era uma experiência que eu gostaria de viver apenas contigo. E nada mudou minha maneira de te olhar. Nada. A única coisa diferente em mim é que passei a te amar mais, eu aprendi a te amar, mesmo em teu silêncio, em tua**

distância. Eu compreendia a tua dor e te admirava ainda mais por me haver acolhido com tanta ternura, vivendo uma revolta resignada. Eu não me escondi de minha vergonha, eu queria apenas ser aceita e fazer parte da tua vida e, então, vivi a santidade que você merecia, me tornei a pessoa que você desejava... – Eu lhe dizia perto do ouvido, com a voz afogada em lágrimas e dor, quando ele me interrompeu.

- **Basta!** – Disse-me José chorando, já me banhando os cabelos – **Você é tudo e muito mais daquilo que sonhei.** – Finalizou, com o rosto perto do meu, me beijando a testa.

Confortável e delicadamente ele me colocou por terra. Apoiei-me em uma espécie de muro que apenas depois percebi ser o local no qual os pastores davam de beber aos animais. Ao interno da rocha, uma pedra angular que se projetava fora da colina, José improvisou uma cama com os nossos vestidos. A senhora que habitava na casa ao lado veio nos ajudar, e sob um céu branco, naquele árido deserto, cercado por uns poucos animais, eu me sentia em paz. Ali, os olhos fitos em José, em todo tempo segurando sua mão, construindo a mais bela história de amor que o mundo evitaria conhecer, eu me confundia entre sorriso e gemidos.

Dentro daquela pequena caverna, me lembro apenas da prece que fiz. A vida não pode produzir nada de ruim, pois Deus é vida, e meu filho não poderia ser uma maldição, um peso ou um pecado. Era apenas meu filho, e o dom da vida procede de Deus. Quase sem forças, eu que antes era completamente descrente de que qualquer coisa boa um dia poderia me acontecer, levantava meus olhos para aquela luz que irradiava o negro céu daquela noite, dando tudo de mim por aquela criança na qual havia depositado toda minha esperança e, agradecendo a Deus, orei:

- **Lança teus olhos sobre mim, volta teu rosto... só assim terei paz. Vira a tua face para que eu te veja, mas, acima de tudo, para que eu seja vista por ti. Aquece-me em teus braços, me mostra o caminho certo, me faz prosseguir. O que sou eu sem ti? O que posso fazer sem a tua forte mão? Meu rei, meu príncipe, todo meu tesouro. Os meus olhos perseguem os teus. Encontra-me. Faz de mim a tua santificada morada, lugar no qual nos encontramos sempre, a todo instante. Acolhe-me. Apenas tua graça me ajuda. Descobre-me, me conquista. Preciso de ti. Sem ti sou palha ao vento, pensamentos soltos, vocábulos incompreensíveis. Eu te quero, te desejo, te preciso. Vem, meu único amigo. Só ao teu lado encontro razões de seguir. Olha-me...**

E, enquanto finalizava aquela oração, meus olhos que estavam firmes no rosto de José, lentamente se abaixavam na direção de Zelomi que nos ajudava, procurando saber de onde vinha aquele choro. Meu corpo completamente dormente, nenhuma força, mas meus olhos perseguiam aquele pranto, até que nossos olhares se entrelaçaram. De repente, nada mais importava além de acolher em meu peito aquela criança, e eu sentia que Deus me estava olhando através dele, era como se o céu estivesse inteiro dentro daquela caverna.

- **É um menino, é um menino!!!** – Exultava José emocionado.
- **Eu sei, eu sempre soube...** – Respondi quase sem forças.
- **Qual será seu nome**? – Perguntou-me José.
- **Se chamará Jesus, pois tudo aquilo que fará será divino**. – Respondi.

Os gritos de alegria de José não me causavam admiração. Com ou sem revelação eu sabia que era um menino e sabia o quanto era especial, e o amava mesmo sem forças. Eu o amava com cada espaço daquela enorme tristeza que me desaparecia em uma única noite. Aquela criança, que acabara de nascer, realizava o primeiro e o maior de seus milagres: cancelar a solidão e a tristeza que até aquela noite me abraçavam.

Naquela noite, aquela criança inocente havia reconciliado aqueles que chamaria de pai e mãe, e apagado cada ano de sofrimento que vivi. José o tomou nos braços como se fossem uma coisa só, como se pai e filho se reconhecessem. Pode ser que esta criança seja o salvador desta humanidade corrompida, mas José era o meu salvador pessoal, e era impossível não amá-lo. Com ele não apenas constituí uma família, mas tive meus pecados perdoados. O perdão se manifesta de diversas maneiras quando limpamos os olhos do preconceito. José me havia lavado a alma através de seu amor e de sua natureza.

Aqueles muitos meses, nos quais ouvi a revolta de seu ciúme e a sua autopenitência com a qual se culpava de haver-me confiado a quem era inconfiável, naquela noite se esfumaçaram em seu largo sorriso. Antes, nem todo dia era um bom dia, mas os bons dias eram capazes de apagar todos os maus dias passados, e ainda que eu soubesse que vez por outra a sua revolta se faria sentir, eu preferia a sua companhia, suportar cada dia de tempestade sua esperando os dias de calmaria. Mas, depois que Jesus nasceu, todos os dias eram de calmaria, de paixão e de intimidade. Dor e trauma foram cancelados, e costurar nosso casamento foi seu maior milagre, foi como transformar água amarga em um vinho especial.

JOSÉ

- Senhor, já se tornou insuportável. É como se fôssemos vultos. É como se o tempo passasse através de nós enquanto permanecemos estáticos, imóveis. Nada se altera, nada se transforma. Basta ouvirmos uma velha canção e as lágrimas inundam os olhos. Sentimo-nos rejeitados, apagados, desprezíveis. Cada dia é como se andássemos sobre cacos de cerâmica e de vidros e como se mastigássemos pregos e espinhos. Já não suporto mais tamanha indiferença. Olho para os lados e contemplo pessoas sorrindo, beijando, existindo. Olho para dentro de mim e contemplo ruínas, desertos, cadáveres. Já está além do abandono, já foi além de uma simples provação. Nada além de rejeição me vem à memória. Nada além de tristeza me vem ao coração. O sorriso sufoca o pranto do peito. Disfarço minhas queixas relevando certos erros, olhando na direção oposta, ignorando aquilo que não posso mudar, me fingindo de forte. Já não suporto sequer os meus próprios pecados. A todo tempo desejo fugir, partir, morrer... ao pó retornar. É então que a angústia aumenta: parece que nem a morte me deseja. Sento-me, toco um instrumento, ensaio alguns cânticos, mas meus lábios dizem algo que o meu coração duvida. Não posso mentir, não tenho a quem enganar. Louvo com insegurança, com receios, com temor. Existe o pavor de iminentemente algo pior me sobrevir. Vivo atento, vigilante, neurótico. A rudeza embranqueceu meus cabelos, envelheceu meus olhos, marcou minha pele, traumatizou meus pensamentos. Leio e releio o Vale dos Ossos Secos, e me assemelho àqueles ossos, com a diferença de que meus ossos não estão se juntando e nem minha carne ganhando vida. Procuro um apoio, uma ajuda, mas, está difícil para cada um de nós caminhar sozinho. Se não consigo caminhar, como posso educar? A quem posso ajudar? Acostumei-me as tragédias. As vezes, durante a noite, saio um pouco, respiro outros ares, olho para o céu. Mas, não olho as estrelas, contemplo apenas o vazio. É como se o céu estivesse com suas janelas fechadas. Queria pular e arranhar estas janelas que me separam do infinito. Todavia, como sou pequeno e os céus não se abrem, grito, mas ninguém me escuta. Os que me conheciam já me esqueceram. Os que me odiavam já me relevaram. Os que me amavam me abandonaram. Ninguém mais me dá atenção. Aventuro-me em algumas coisas tentando fugir da realidade. Mas, quando retorno, tudo está pior. Tornei-me opróbrio e as pessoas me passam meneando as cabeças. Abraço-me à tua lei: Quem sabe algo aconteça? Releio alguns livros antigos, folheio. Contudo, são apenas lembranças, saudosas lembranças. O nada é a certeza

mais duradoura. Hoje, confesso meu ranço. É melhor ser autêntico do que se esconder em fachadas: Nada vai bem e já não há paz. É por isso que me entrego, livro aberto, quem sabe assim terei uma audiência? Corra ao meu encontro, saia de seu abscôndito Santuário e me alcance, estou a beira de desfalecer...

- **José? O que houve?** – Perguntou-me Maria interrompendo minhas orações.

- **Há seis dias estamos nesta estalagem, amanhã devemos levar Jesus para apresentá-lo no templo e circuncidá-lo, e eu não sei como devo crescê-lo, pois é de qualquer forma um milagre, um milagre inteiramente nosso!** – Exclamei.

- **Um passo de cada vez, José, pois o mais interessado no crescimento e na educação desta criança é o próprio Deus.** – Respondeu Maria.

Os dias que passamos ali foram bons e tranquilos. Nós estávamos longe das acusações e pude ver em Maria, pela primeira vez, uma mulher que não pensava mais aos próprios traumas. Assim, comecei a organizar nossas coisas para subirmos à Jerusalém e ali apresentarmos a criança. Eu o olhava de modo preocupado, me encontrava velho e não sabia se conseguiria permanecer ao seu lado até que se tornasse homem.

Ao cair da tarde, Salomé, a outra senhora que havia ajudado Zelomi durante o parto, veio nos visitar.

- **Sr. José, alguns homens vieram nos perguntar de vocês, se lhes havíamos visto.** – Disse Salomé preocupada.

- **São hebreus Salomé? Galileus ou samaritanos?** – Perguntei preocupado.

- **Não, são persas.** – Respondeu-me ela.

- **Persas!?** – Exclamei admirado.

- **Sim, e são ricos. Disseram que vieram visitar a criança.** – Afirmou Salomé.

- **Eu não me preocupo com dinheiro, graças a Deus temos tudo aquilo que precisamos. Você disse que nos tinha visto?** – Perguntei.

- **Eu não pude mentir ou pedir que tornassem de onde vieram. Eles acompanharam o parto a distância. Disseram que durante o nascimento da criança ouviam um cântico celeste, e a luz que brilhava da caverna era intensa e branca, quase angelical.** – Disse Salomé.

- **Mas, evidente. Era noite e tudo escuro em torno, claro que a luz brilhava de maneira estranha para quem a olhasse de longe. Porém, que cântico seria esse?** – Perguntei.

- **O seu, José, quando você tomou Jesus nos braços, cantou algo maravilhoso, dizendo que esta noite era diferente de todas as outras.** – Interrompeu Maria.

- **É apenas o texto da noite de páscoa que tradicionalmente em família cantamos celebrando o grande livramento no Egito.** – Respondi.

- **É melhor que você traga esses homens aqui, Salomé.** – Se antecipou Maria.

- **Certo, vou agora mesmo.** – Respondeu Salomé.

- **Espere. O que diremos Maria? Não temos sequer algo a oferecer.** – Interrompi.

- **Aprenda a confiar em Deus, José. Vá, Salomé, e traga-os, por favor.** – Disse Maria.

Salomé saiu apressadamente, enquanto eu entrava na manjedoura para improvisar uma mesa ou qualquer coisa que concedesse ao ambiente um aspecto doméstico e pudéssemos, assim, receber aquelas pessoas. Mas, não havia nada além de feno e pedra, e o jumentinho que, com a vaca, brincava com Jesus como se dele tomasse conta.

- **Vê, José? São detalhes assim que fazem toda a diferença!** – Exclamou Maria.

- **Quais?** – Perguntei.

- **Aqui, agora, vejo a profecia de Habacuque que se cumpre.** – Respondeu Maria.

Eu observei o quadro e, realmente, lembrei-me não apenas de Habacuque, mas das palavras de Isaías.

- **Entendo, Maria. Mas, as pessoas não veem o mundo com teus olhos.** – Respondi.

- **E nem eu o via assim, José. Ele, Jesus, tem transformado o meu cântico.** – Disse Maria.

- **Maria, se aproximam.** – Eu lhe disse apontando três pessoas que se aproximavam, juntos com Salomé.

- **Viemos em paz.** – Disse Baltasar.

- **Sejam bem vindos em nome do Senhor.** – Eu lhes respondi.

- **Eu me chamo Baltasar, esse é Belchior e aquele é Gaspar. Nós fazemos parte dos Magi, e quando vimos o brilho de Marte, o qual nos apontava diretamente para Israel, sabíamos que algo estava acontecendo.** – Disse Baltasar.

- **Em que sentido "algo acontecendo"?** – Perguntei.

- **Você conhece a profecia messiânica?** – Perguntou-me Gaspar.

- **Claro, é uma profecia hebraica.** – Respondi.

- **Errado, é uma profecia universal.** – Disse Belchior.

- **Quando a profecia foi entregue aos nossos antepassados, não existíamos ainda como povos, mas como uma mesma célula, um mesmo tronco original.** – Completou Gaspar.

- **É, portanto, que aquela profecia se repete em todos os povos antigos.** – Disse Baltasar.

- **Nimrod, Tamuz, Osíris, Mitra, Dionísio, todos são tipos de uma mesma profecia.** – Disse Belchior.

- **Com a diferença de que em Israel nunca se cumpriu. Justo o povo que, segundo você mesmo, seria o herdeiro de tal promessa.** – Disse Gaspar.

- **Então, todos aqueles deuses idolatrados pelos pagãos são figuras de uma mesma pessoa?** – Perguntei estarrecido.

- **Todos fazem parte da mesma profecia em procura do sacrifício verdadeiro.** – Disse Baltasar.

- **Sacrifício?** – Questionou Maria.

- **O messias não é outro senão aquele que assume sobre si mesmo o julgamento que Deus evita infligir à humanidade inteira.** – Respondeu Belchior.

- **Como assim?** – Perguntou Maria.

- **O messias morre para que a humanidade não seja condenada.** – Respondeu Baltasar.

Improvisamente, a respiração de Maria se tornou ofegante e ela, perdendo as forças, desmaiou completamente. Eu, que ouvia tudo ainda sem conectar a relação da presença daqueles homens com o nascimento de Jesus, compreendi a mensagem ao ver o pálido desespero na face desmaiada de Maria. A conversa continuou por horas enquanto eu me preocupava e esperava que Maria acordasse. De fato, muito mal conseguia aceitar aquilo que me diziam, mas devia esperar que Maria participasse novamente da discussão.

- Então, cada um daqueles homens, daqueles deuses mortos, foi um messias contextualizado no povo ao qual pertenciam? – Perguntei.

- Sim. Como a profecia foi lançada em um período remoto para o qual nossos antecedentes são comuns, a promessa messiânica deveria se apresentar no contexto de cada fé e cultura para a qual tal promessa pertencia. – Explicou Baltasar.

- E, agora, se manifesta em Israel na pessoa de nosso filho? Mas, nós temos Davi. – Repliquei.

- O vosso rei Davi no lugar de dar a própria vida, tirou a vida de seus inimigos. Por isso, foi considerado indigno de construir o templo, o qual vocês acreditam que seja aquela montanha de pedras que se encontra em Jerusalém, quando os profetas de Israel deixaram claro que vocês são habitação e morada do Altíssimo, ou não? Davi não pôde construir o templo pois o seu próprio templo, ou seja, ele mesmo, estava contaminado com o sangue de outras pessoas, ou não foi isso que Deus disse ao próprio Davi? – Disse Belchior, me questionando.

- Ademais, José, esta criança não é filho de vocês. Ao menos não seu. E quando foi poupado das águas amargas, deixou também de ser filho de Maria. – Disse Gaspar.

- É verdade, José. – Disse Maria, ainda tonta, deitada em meu colo.

- Como? Você não pode acreditar nessa loucura, Maria, é heresia. O que nos dirão os sacerdotes? Antes, o que farão ao nosso filho? Você sabe quantas revoltas existem hoje, e como são silenciadas. – Perguntei.

- Quando passamos aquela provação, prestes a dar e perder tudo, alguém falou comigo, não sei se em pensamento ou não, mas me disse quem seria Jesus, e o que ele é destinado a fazer. – Respondeu Maria.

- E é, por isso, que estamos aqui hoje. – Disse Baltasar.

- Mas, como vocês sabiam disto tudo? – Perguntei.

- Lemos e interpretamos corretamente os vossos profetas, e sabíamos que esta criança deveria nascer nas proximidades de Belém, cercada de dois animais. – Disse Gaspar.

- E estamos aqui para levá-la conosco. – Disse Belchior.

- De modo algum. De forma alguma. – Gritei.

- Maria? – Falou Baltasar, olhando-a firmemente.

- Nós queremos ensiná-lo todas as nossas artes para que possam auxiliá-lo no seu ministério. Queremos que aprenda a ler e interpretar a lei como a interpretamos nós, do modo que nos trouxe até aqui hoje. – Explicou Gaspar.

- Amanhã devemos apresentá-lo no templo, circuncidá-lo. Como faremos? É nossa oportunidade de registrá-lo em meu nome. É nosso milagre, acabamos de recebê-lo. – Respondi ainda perdido, procurando uma qualquer desculpa para dizer-lhes não.

- Vocês podem proceder com todos os ritos tradicionais, até porque o nome dele é atribuído oficialmente amanhã durante a circuncisão. – Disse Belchior.

- E, no dia seguinte, partimos para a Pérsia. – Disse Baltasar.

- Quando ele atingir a idade de sete anos, o trazemos de volta. Os seus estudos continuarão aqui, sem nossa presença. Tudo o que lhe era necessário, a esta altura teremos já ensinado, e o resto será papel de vocês. – Disse Gaspar.

- Mas, é um bebê, apenas nascido. Como pode enfrentar essa viagem sem sua mãe? – Perguntei.

- Na verdade, nós viemos em uma grande caravana, nossas esposas nos esperam na cidade, e temos amas de leite para isso. Viemos preparados. – Disse Baltasar.

- Isso é uma loucura. – Eu disse, olhando para Maria.

- José, não pode ser coincidência. Eu não creio em um Deus que trabalhe assim. Olhe em volta, José. Sabemos como o concebi e, mesmo assim, estamos aqui. Nós íamos para o Egito, mas ele quis nascer as portas de Belém, como na profecia. Conosco havíamos apenas um jumento e uma vaca, também confirmando as profecias. E, as vésperas de sua circuncisão, aparecem estas pessoas que desejam presenteá-lo com a mais importante riqueza, ou seja, sabedoria. Não pode ser coincidência, José. A angústia que trago no peito nesse momento é

indescritível. Meu filho há pouco nasceu e eu devo me despedir? Permitir que cresça sob os cuidados de estranhos? Que outra mãe o amamente? Como você acha que me sinto, José? Contudo, o destino dessa criança não nos pertence. Eu fui a única a engravidar naquela noite, e não pode ser vão. São sinais de que Deus tem seus olhos não apenas sob esta criança, mas sob todo Israel. É algo maior que nós mesmos. – Disse Maria, me deixando sem argumentos.

- **Maria, eu sempre acreditei que uma criança cresce sob os cuidados de seus pais, dentro de seu contexto familiar, porém, Jesus é mais filho teu que meu, a decisão é tua.** – Respondi.

- **Agora, peço que preparem tudo quanto serve à criança. Amanhã, depois da circuncisão, tornamos para levá-lo conosco à Pérsia, estamos de acordo?** – Perguntou Baltasar.

- **Sim.** – Respondeu Maria engasgando, sem voz, com as lágrimas que lhe desciam pela face.

- **Eu vou chamar minha esposa, Maria. Assim, você a conhece. Ela crescerá Jesus durante estes sete anos.** – Disse Gaspar.

- **Sim, desta vez deve ser Fátima a crescer um messias.** – Respondeu Baltasar.

- **Como? Como disse?** – Questionei admirado.

- **Somos mais antigos do que aparentamos, José.** – Respondeu Belchior, enquanto Gaspar se afastava.

- **Existimos com o propósito de crescer estes messias que de tanto em tanto surgem entre os povos antigos, os povos herdeiros da promessa messiânica. A criança de vocês é apenas o messias da presente dispensação, mas, é também aquele que mudará o mundo, pois ele não representará apenas hebreus, mas todos os povos que gemem em aflição, que padecem de injustiça, que precisam de amparo e socorro.** – Explicou Baltasar.

- **Ou seja, resgatará o que de humano ainda nos resta.** – Interrompeu Maria.

- **De certo modo sim. Maria, essa é Fátima, minha esposa, que será ama de Jesus.** – Disse Gaspar, se aproximando.

Eu olhava tudo com um sentimento de impotência, como se nada pudesse fazer. Eu procurava não opinar, sentado em um pedaço de muro, olhando a manjedoura, pensando se poderia ser o pai daquela criança ou se era qualquer um que, com o nome e a influência que tinha, estava apenas servindo para corrigir um problema. Fátima e Maria falavam entre elas mesmas. A Fátima era uma mulher bonita, alta, muito alva, de corpo largo e forte, não acima de seu peso, apenas alguém que parecia ter suportado mais do que a própria beleza transparecia.

De todo modo, aquela conversa se alongava como se tudo estivesse resolvido, e eu pensava apenas que estávamos decidindo o futuro de uma pessoa, o destino de uma criança, não lhe dando qualquer opção de escolha ou alternativa. A vida que ele começava a conhecer seria a única que conheceria.

- **Preocupado?** – Perguntou-me Belchior.

- **É como não estar? Ainda que não seja sangue de meu sangue, me sinto sempre na responsabilidade de pai.** – Respondi.

- **Eu sei o quanto parece estranho, mas os eventos que proporcionaram o nascimento desta criança estão inteiramente conectados, e não foram obra do acaso ou consequência das escolhas que vocês fizeram, mas das escolhas que o Eterno decidiu.** – Explicou-se Belchior.

- **Então, vocês também creem em Deus?** – Perguntei.

- **Todos cremos, digo, todos os povos. Para alguns é uma força, para outros a própria vida, para os hebreus um ser autoconsciente, para nós, Magi, Deus é aquele que nos visitou das estrelas, para os egípcios é aquele que vence o eterno conflito luz e trevas, mas, enfim, quem é ou o que é Deus?** – Perguntou Belchior.

- **É o criador de todas as coisas, único e soberano Senhor, onipotente, Rocha de Israel, Santo de Jerusalém.** – Respondi.

- Não, José, esta é apenas a maneira com a qual você o entende ou com a qual lhe ensinaram que ele seria. Cada povo constrói a própria perspectiva em torno dele. Para alguns ele é mal, para outros o bem, mas será sempre o mesmo Ser interpretado por observadores diferentes. A maneira com a qual cremos na sua existência determina também o modo com o qual ele se revela em nossas vidas. A interpretação da fé, o estudo da vossa lei, por exemplo, acaba não se tornando uma janela aberta através da qual podemos observar a Deus, mas um funil que estreita nossa visão acerca dele. Não conseguimos imaginá-lo fora daquela pobre concepção. Portanto, te pergunto, se você fosse eterno e o agente direto ou indireto da vida como a conhecemos, você se limitaria a ser adorado por uma única forma interpretativa, ou você se deixaria achar em toda e qualquer crença que contivesse um pouco de verdade a seu respeito? – Perguntou-me Belchior.

- Mas, uma crença errada em Deus acaba se tornando um percurso de muitos caminhos, e não um caminho que nos conduz até ele. – Respondi.

- Toda e qualquer ideia humana acerca de Deus é repleta de erros e acertos. E, na verdade, mais de erros que de acertos. Todavia, encontramos sempre a Deus através daqueles poucos acertos de nossas interpretações. – Explicou Belchior.

- Contudo, Deus se mostrou forte com Israel ao longo da história, o que significa que o interpretamos corretamente. – Resmunguei.

- E não foi o vosso próprio Deus quem abençoou Nabucodonosor para lhes corrigir? Cícero? E não foi o vosso Deus que profetizou através do adivinho Balaão? Ao que parece, José, Deus se faz mais presente nos nossos poucos acertos do que em nossos muitos equívocos. É esta a sua maneira de se apresentar, pois se dependesse de um conjunto de crenças construído apenas de acertos para que, assim, ele se fizesse conhecido, jamais seria encontrado. A fé em Deus não é o conjunto de regras que nos aproximam de uma vida justa, mas as escolhas misericordiosas que nos fazem compreender e socorrer as fraquezas dos outros, e as nossas próprias. Deus é muito mais a fé de prosseguir quando não existem mais esperanças no coração, do que o milagre que muda as circunstâncias. Uma pessoa que, por exemplo, ultrapassa os passos permitidos de um sábado para socorrer um enfermo que grita de dor debaixo do sol escaldante do deserto, seria pior que aquele que vendo o enfermo não lhe socorre para não transgredir a lei? Neste caso, qual dos dois tem mais fé? Aquele que socorre o enfermo e crê que Deus o perdoará ou aquele que não socorre o enfermo e acredita não precisar de perdão? – Perguntou Belchior.

- **É muito difícil, somos educados a priorizar a lei.** – Respondi.

- **Porque foram ensinados a pensarem apenas em si mesmos. Todavia, a lei não pode servir de justificativa para a indiferença. A justiça pessoal não deve ser um instrumento de acepção ou discriminação, mas um modelo a ser seguido. Aquele que recebe a graça de viver mais condignamente não deveria alimentar a indiferença por quem não pôde desenvolver os mesmos valores, mas incentivar ao melhoramento pessoal.** – Disse-me Belchior.

- **Concordo com você, porém, ainda que pensemos assim, existem sempre aqueles que veem na justiça um mecanismo de controle e manipulação, e invejam e litigam com aqueles que procuram viver retamente.** – Respondi.

- **Porque a vossa lei revela não apenas aquilo que é bom, mas apresenta diretamente o que é mal. A lei não é a justiça que se manifesta, mas o crime que vem à luz, pois é a lei que diz aquilo que é errado enquanto procura apresentar o que é correto. Logo, quem nasceu privo de oportunidades, ao contrário de você, por exemplo, que vem de uma rica família, vê na lei uma justificativa para os poderosos oprimirem os menos favorecidos. Portanto, a lei acaba favorecendo a desigualdade, não harmonizando a convivência.** – Explicou Belchior.

- **Contudo, a lei nos auxilia a andarmos corretamente.** – Repliquei.

- **Sim? Então, me responda uma coisa: O que vem primeiro, o pecado ou a lei?** – Perguntou-me Belchior.

- **A lei.** – Respondi.

- **Não, é o pecado. A lei foi criada para regular as relações fragilizadas pelo pecado, mas, não existiria lei se não existisse pecado. Isso significa que a lei foi criada posteriormente ao pecado, como uma forma de consertar o que se havia quebrado.** – Explicou Belchior.

As palavras de Belchior me assustavam, pois me apresentavam um problema sem solução. Ora, se a lei não servia mais para manter nosso povo em harmonia, qual seria a sua utilidade? Na mesma medida, isso me permitia vislumbrar um pouco da estrada que apresentariam à Jesus, e eu não sabia de que maneira aquela criança seria capaz de mudar a contextualização da lei mosaica dentro da nossa cultura. Em cada casa hebreia, em cada família hebraica, em cada ato de proselitismo, éramos ensinados que a salvação divina era um nosso exclusivo privilégio, e que sem a lei não poderíamos alcançar esta mesma salvação. Como alcançar a salvação sem atravessarmos as exigências da lei mosaica?

- **Para onde ele será levado?** – Perguntei.

- **Para Shiraz.** – Respondeu Gaspar.

- **Ali aprenderá aquilo que pudermos ensinar. Se estivermos certos, aos três anos será capaz de aprender muito mais do que qualquer outra criança de sua idade.** – Disse Baltasar.

- **Por mais que me seja devastador, estou segura que é o melhor, José. Conversei com Fátima e é já mãe de cinco filhos, o maior é justamente sete anos mais velho que Jesus.** – Disse-me Maria.

- **Maria, eu tenho feito de tudo por você, e não irei agora contrariar uma sua decisão.** – Respondi, enquanto Maria me segurava pelo braço.

No dia seguinte partimos muito cedo para Jerusalém, a fim de apresentarmos Jesus. Pedimos que Zacarias realizasse a cerimônia, assistido por Simeone e Caifás. Ali, diante da comunidade, lhe demos oficialmente o nome de Jesus, muito mais na esperança de que Deus lhe protegesse do que este nome tivesse um significado profético. O agarrei em meus braços, olhando eu seus olhos, não apenas o chamei de filho, mas, também o reconheci como tal. As lágrimas me escorriam e banhavam a sua testa enquanto o apertava perto do meu rosto. Aquele foi o seu primeiro batismo e a minha maneira de dizer que estaria sempre ao seu lado.

Logo em seguida, na saída de Jerusalém, nossos caminhos se separariam. Maria e eu partiríamos para pegar nossas coisas em Nazaré e recomeçar vida na região da Galiléia, enquanto Jesus, protegido nos braços de Fátima, seguiria seu percurso para a Pérsia. O que lhe seria ensinado nos era uma incógnita. Porém, era como se um parte nossa nos fosse arrancada, e justamente a mais importante. Estranho como conseguimos nos apegar tão forte em tão breve tempo.

- **Eu concordei com tudo, mas tenho um pedido a ser feito.** – Eu disse a Baltasar antes de partirem.
- **E qual seria?** – Perguntou-me Baltasar.
- **Que no dia dos sacrifícios por expiação de Israel, ele esteja presente, junto com sua família.** – Eu disse.
- **Imaginei que seria isso.** – Retrucou Belchior.
- **Tudo bem, será feito assim. É até melhor para que vocês não se apresentem desacompanhados da criança.** – Respondeu Baltasar.
- **E mais uma coisa. Espero que nada de ruim aconteça a esta criança, pois oficialmente é meu filho, e eu não medirei esforços para vingar seu sangue.** – Eu lhes disse.

Enquanto eu me retirava, dando-lhes as costas, os três deixavam presentes com Maria, os quais, além de caros, possuíam um significado muito mais profundo.

- **Estes são presentes especiais, não os podemos aceitar.**
– Disse-lhes Maria.

- **Eu insisto que aceitem, lhes será útil no futuro.** –
Insistia Belchior.

- **Mas, o que isso significa, nos estão pagando por nosso
filho?** – Perguntou Maria.

- **Não, Maria, são para o funeral de Jesus.** – Respondi.

- **Como assim?** – Perguntou-me Maria.

- **O incenso para o funeral, a mirra para embalsamar seu
corpo e o ouro para cobrir as despesas de velório e o
sepulcro.** – Expliquei.

- **Mas, como se atrevem a insultar-me assim. É meu
filho, meu filho, e eu não o estou entregando à morte.**
– Gritou-lhes Maria.

- **A morte é apenas uma etapa no processo da vida,
Maria. O nosso intuito não foi lhe ofender, mas
compartilhar da sua dor. Gostaríamos somente de
contribuirmos não apenas negativamente. Por favor,
aceite.** – Disse Gaspar.

Aquele gesto me dava dimensão da escolha que havíamos abraçado, e eu tomei aqueles presentes pensando mais em Jesus do que em nossa humilhação. Assim, os dias que se seguiram foram de imensa incerteza. Simplesmente não sabíamos se havíamos tomado a decisão justa.

Nas primeiras semanas, quando apenas nos estabelecemos na região da Galiléia, procuramos evitar o assunto. Ali, Maria e eu éramos um casal comum, apesar de com a empresa de família meus filhos e eu trabalharmos em todo o Israel. Contudo, em Galiléia, distantes de Nazaré, estávamos surdos aos comentários dolosos que se faziam ao nosso respeito. As pessoas, as vezes, não conseguem sequer perceber que as próprias calúnias não fazem sentido. Quando tudo aconteceu com Maria, no templo eu me deixei ser acusado de haver tocado Maria antes de seu tempo, enquanto Maria era acusada de prostituição e adultério. Como seria possível que eu a tivesse desvirginado e ela, ao mesmo tempo, tivesse se prostituído ou adulterado? Era um argumento errante.

Eu a olhava com ternura e via em cada gesto seu o desejo de acertar, e este desejo de fazer a coisa justa é um modelo de santidade, é um testemunho mais forte que o arrependimento. No arrependimento reconhecemos a culpa por nossos atos, mas, Maria, que culpa tinha? Era vítima, e quando somos vítimas surge uma condição que não podemos alterar, pois nos aconteceu próprio aquilo que não desejávamos. Aqui o arrependimento não faz diferença, e o desejo de acertar é a contradição entre o fato e o caráter, justo como em Maria.

Cada passo seu era medido, e Maria sabia transformar um simples momento em algo especial, pois trabalhava com dedicação pela família. Ela soube aceitar a fatalidade sem revolta, e não sei se minha cumplicidade possui qualquer relevância, sei apenas que não poderia imaginar ou desejar esposa melhor em minha velhice. Todavia, tantas coisas havíamos silenciado entre nós dois que os dias de atrito eram inevitáveis. Na maior parte das vezes era inútil procurar demonstrar o meu ponto de vista, acabando sempre mal compreendido e piorando o quadro. Portanto, durante os anos da permanência de Jesus a Shiraz, procurei respeitar a dor de Maria, e procurava me retirar quando discutíamos.

- **Eu não sei, José, eu não sei se foi o melhor que fizemos...** – Me gritava Maria.

- **Maria, não é disto que estou falando, mas de redenção, de consciência limpa.** – Respondi.

- **E o que você quer que eu faça? Me diga.** – Continuava a gritar.

- **Deixe, esqueça...** – Respondia me afastando.

- **José, eu simplesmente não compreendo, me perdoe. Eu fiz de tudo e também cada sacrifício pelo nosso bem, e se sou culpada diante de Deus, prefiro ser culpada por haver arriscado tudo por nossa família e pelo futuro de Israel.** – Dizia-me ela.

- **O que desejo, Maria, é ter a consciência tranquila. Ambos arriscamos demais e eu, na minha velhice, não quero ser culpado nem pelo que fizemos, nem por condenar o futuro de Jesus.** – Tentava explicar.

- **José, não é momento. Conversamos outra hora.** – Respondeu-me, pois as crianças chegavam para almoçar.

De fato, eu percebia que ela evitava este assunto de qualquer maneira, dando sempre alguma desculpa. Parecia desejar que este destino traçado para Jesus se cumprisse a qualquer custo, ou porque cria fielmente nas nossas profecias e nas interpretações que os Magi nos haviam dado, ou porque era uma qualquer maneira de penitência para ela mesma. De todo modo eu não possuía mais idade ou saúde para permanecer discutindo com Maria, e tantas vezes pensava que minha bondade lhe havia feito confundir nossa relação, pois corriqueiramente ultrapassava os limites, me faltando com respeito.

Eu, porém, não media esforços para vê-la feliz. Ao menos duas vezes por ano eu pedia a meu irmão Alfeu, casado com Maria Cleofa, irmã de Maria, para a acompanhar a Shiraz, e quando nasceram Ioses e as meninas, Judite e Rute, Maria os levava juntos, permitindo a Jesus passar algum tempo com seus irmãos e irmãs e haver, assim, qualquer experiência familiar.

O trabalho me impedia quase sempre de acompanhar Maria nessas viagens, mas ao menos em uma destas eu procurava me fazer presente. Contudo, me doía demais perceber que Gaspar havia para Jesus um rosto muito mais paterno que o meu. Assim, quando eu visitava Shiraz me misturava com a multidão, procurando saber o que ensinavam às crianças, mas o segredo era sempre bem velado, e estranhos não tinham qualquer noção do conteúdo ministrado pelos Magi. De fato, mesmo para os demais persianos era tudo um mistério, e apenas os inscritos na escola dos Magi sabiam o que acontecia ao seu interno, e eram veementemente proibidos de espalharem a voz acerca do processo educativo.

O pouco que fui capaz de observar em nossas viagens é que eles possuíam técnicas de cura medicinal muito mais avançadas que as nossas, e utilizavam os elementos da própria natureza, receitas antigas semelhantes aquelas egípcias, para modificar a natureza de determinadas substâncias ou elementos que, para a crença de Israel, eram consideradas magia ou feitiços. Possuíam um modelo de vida rigoroso e metódico, pois eram sacerdotes locais do zoroastrismo, e interpretavam as profecias bíblicas apoiados ao conhecimento das estrelas, para alinhar os eventos e identificar os sinais.

- **Então, José, o que acha da nossa cidade?** – Perguntoume Baltasar ao encontrar-me por estrada, vizinho ao mercado.

- **É uma bela cidade. Eu estava, na verdade, procurando entender um pouco do culto de vocês.** – Disse-lhe.

- **Deve primeiro aprender que não é apenas um culto, mas um modelo de vida. Reconhecemos em Mazda o autor da vida, o alfa e o ômega, porém, que essa sua vida se espalhou pelo criado, e procuramos identificar os sinais que nos dá através desta mesma criação. Ele é nosso pai, e todos somos seus filhos. Nos relacionamos com ele não através de um sistema de regras, mas da devoção de um coração puro.** – Explicou Baltasar.

- **O coração é enganoso, avisava Jeremias. As nossas regras servem justamente para pesar nossas inclinações e discernir para onde se direciona o coração.** – Expliquei.

- **E você sabe para onde o seu coração se inclina?** – Perguntou-me

- **Claro que sim.** – Respondi.

- **Engano seu, José. Você sabe apenas o que a lei lhe diz ser certo ou errado, mas isso não quer dizer que por conhecer a lei o seu coração se incline apenas para o que é justo. O que você faz quando ninguém está lhe olhando? O que o seu coração e o de Maria fizeram quando ela engravidou de Jesus?** – Perguntou-me.

- O que você quer dizer com isso? – Retruquei.

- Eu quero dizer que conhecer o caminho da justiça não nos faz justos. Na maioria das vezes nos reveste apenas de uma falsa moralidade. O que fez Moisés quando matou o egípcio: ficou e atravessou o julgamento ou escapou? Conhecer a lei não nos torna justos, muito pelo contrário, nos torna astutos, pois usamos da mesma lei para escaparmos de suas consequências. O conhecimento das coisas não muda quem somos. A mudança ocorre apenas quando conhecemos a nós mesmos. – Respondeu-me.

- Todavia, sem uma direção a nortear, como sabemos qual é a estrada certa para seguir? – Salientei.

- Todas são certas e todas são erradas. Independente do caminho que adotemos, qualquer estrada nos dará sempre boas e amargas experiências, e ambas nos servirão para saber quando acertamos e para reconhecermos aquilo que não devemos mais fazer. – Disse ele.

- E de onde procede esta forma de conhecimento? – Perguntei.

- Por que você acredita que a lei esteja desvinculada do livro dos mortos egípcio? Ou que seus profetas não tenham obtido conhecimento quando no cativeiro babilônico? Nós, que seguimos Mazda, apenas observamos como o seu conhecimento se espalhou e foi interpretado entre os povos. – Respondeu-me.

- Como é possível que vocês saibam tantas coisas da lei e de nossos profetas? – Perguntei.

- José, e onde seu povo foi exilado? As profecias judaicas são uma herança dos exílios babilônico e persa, e ali aprendemos muito a respeito de suas crenças, bem como vossos líderes e profetas aprenderam tanto das nossas crenças, algo que já absorviam desde o grande rei Salomão. De fato, com o sábio rei nossas crenças começaram a se complementar. – Respondeu-me.

- Somos influenciados pelo masdeísmo, quer dizer? – Perguntei.

- E de onde pensa que vem o dualismo egípcio ou hebraico? – Perguntou-me

- A nossa fé não possui dualismos. – Respondi.

- Ah, não? E anjos e demônios, ou melhor dizendo, anjos bons e anjos caídos ou maus? Lei e pecado? Até vossos patriarcas possuem dualismos, como o escolhido Jacó e o rejeitado Esaú. – Retrucou Baltasar.

- Porém, nosso Senhor Adonai não possui adversário, é acima de tudo como criador. – Respondi.

- Sim, e também nosso Deus Mazda não possui adversários, mas isto porque toda e qualquer crença que se fundamenta em um Deus soberano e criador, presume que este, o qual tudo criou, seja capaz de destrui-la e, portanto, que esteja acima das demais criaturas que não eram pré-existentes à ele. Tudo pela simples razão que teoricamente Deus não poderia criar nada superior à ele mesmo. Esta é a cadeia da perfeição. Algo perfeito não consegue imaginar nada melhor que ele mesmo e, portanto, toda criação se encontra inferior ao criador. – Explicou-me.

- O modo no qual você fala até parece que estamos falando do mesmo Deus. – Eu lhe disse.

- E não estamos? Pensei que estivéssemos, pois se Deus existe um só, e em cada cultura ou povo existe uma concordância desta singularidade de um único Deus, penso que todos estamos sempre falando do mesmo Deus. – Argumentou.

- Porém, podemos também atribuir unicidade ao nosso deus em particular, o que não fará dele o verdadeiro Deus e o tornará diverso em cada povo ou cultura. Quer dizer, eu posso tomar um falso deus e dizer que este falso deus é o Deus verdadeiro, quando não é. Desta maneira, não estaremos falando do mesmo Deus. – Expliquei.

- Mas, este é um comportamento adotado por todos. Hebreus, egípcios, cananeus, babilônicos, persas, cada um destes povos afirma que o próprio deus é o verdadeiro. Até mesmo em Israel, entre vocês mesmos, existe a divergência entre samaritanos e hebreus, ou fariseus e saduceus, ou zelotes e essênios. Todavia, a maneira como cada povo ou cultura compreende Deus é sempre uma perspectiva pessoal e parte da cosmovisão de cada um. A maneira com a qual Deus se revela, José, não é de acordo com a sua própria natureza, mas com a natureza e a capacidade do homem discernir e compreender. Ora, se você fosse Deus, criador de todas as coisas, estaria preocupado com o modo no qual acreditam em você ou apenas no fato de que acreditam em você? As nossas diferenças religiosas são importantes para Deus ou apenas para nós mesmos? Evidente que toda esta nossa discussão possui relevância apenas para o sistema de crenças que servimos, pois a nossa fé acaba se tornando também um modo de viver em sociedade e de governar nossa sociedade, e Deus não tem qualquer correlação com isso. Logo, Deus se revela de acordo com as nossas necessidades e diante daquilo que dele precisamos para nossas próprias vidas. Todavia, se a partir daí resolvemos oferecer à Deus sacrifício de crianças no lugar de ovelhas, qual é a responsabilidade de Deus nisso? Quando ele requereu de Abraão o sacrifício do próprio filho Isaque, não era um exemplo de que ele sabe o que quer e providencia aquilo que quer para ele mesmo, além de uma prova de fé na vida de Abraão? Ora, se nós dizemos que precisamos reconhecer os sinais da revelação divina em cada cultura, mas você me diz que a única revelação que existe é a lei mosaica, quem está dizendo isto: Deus ou você?** – Continuou suas explicações.

- **Deus, pois ele nos deu a lei.** – Respondi.

- **Não Deus, você. Deus deu a lei aos israelitas como forma de educar e constituir o povo de Israel que, escapando do julgo da escravidão, havia a necessidade de se reconhecer como povo e nação, debaixo de um sistema de lei e crenças, como todos os demais povos circunvizinhos. A lei é algo específico para o povo hebreu, mas não quer dizer que seja a única forma de Deus se revelar na história e de se revelar às demais culturas.** – Respondeu-me.

As palavras de Baltasar me deixavam atônito, pois havia razão e talvez nós, hebreus, nos tivéssemos fechado para o resto do mundo, enquanto Deus desejava alcançar a todos.

- **Então, é esse o conteúdo que Jesus está aprendendo?** – Perguntei.

- **Não apenas isto. Jesus está aprendendo nossas técnicas medicinais e, com a ajuda de Deus, as aperfeiçoará.** – Respondeu-me.

- **Era já um fardo muito pesado converter os corações de nossos irmãos sofridos pela opressão de Roma, agora deve convencer o mundo a caminhar em unidade. É ainda mais pesado.** – Respondi suspirando.

- **É a missão de um messias. Todos os demais antes dele falharam nesse propósito, mas se não for capaz de**

fazer a humanidade caminhar debaixo de uma mesma orientação espiritual, não poderá ser chamado de salvador, pois a salvação é um benefício que o messias oferece à todos. Veja, José, não existe essa terminologia 'nosso povo' como você acabou de expressar, salvo para quem se identifica racialmente e se acredita melhor que outro ser humano. Essa identidade cultural tem se transformado em identidade racial, mas não somos raças diversas. Existe apenas a raça humana, com traços e cultura particulares a depender da região na qual se desenvolve, mas tais diferenciações não devem nos dividir em outros povos. A tradição hebraica, que tinha a finalidade de conservar a linhagem das famílias patriarcais em casamentos consanguíneos, acabou se transformando em preconceito, e vocês dividiram o mundo em hebreus e gentios, ainda que sejamos todos humanos e filhos do mesmo Deus. – Respondeu-me.

Aquelas eram palavras duras, mas verdadeiras. Eu preferi silenciar, pois simplesmente não tinha como argumentar sobre algo que, mesmo para nós hebreus, tinha se tornado insuportável. Enfim, nos escondíamos por trás de um falso moralismo, que servia unicamente como justificativa para nossa omissão e indiferença.

Neste ano de visita, a viagem de volta foi silenciosa. Jesus havia já 04 anos, tinha crescido sob os cuidados de Gaspar e Fátima, nos via muito pouco e aquilo estava machucando Maria, pois não a chamava mais de mãe, enquanto eu lhe era um completo estranho. Todavia, o que me atormentava o pensamento eram as palavras de Baltasar. Como hebreu eu sabia que aquele tipo de mensagem não agradaria Israel, e se era aquilo que estavam ensinando a Jesus, certamente o levaria a morte. A liderança de Israel jamais aceitaria a natureza daquele discurso. Olhando-o crescer a distância não me impedia de afeiçoar-me, e a morte de um filho não é um projeto presente nos planos de nenhum pai, porém nas nossas vidas era insistentemente presente desde que Jesus nascera.

- **Ele não me vê mais como sua mãe, acho que sequer sente qualquer intenso sentimento por mim.** – Disse Maria, interrompendo meus pensamentos.

- **Talvez seja melhor assim, pois se esse destino, que você e os Magi traçaram para ele, realmente se concretizar, será bem melhor se não existirem mais esses laços na sua vida ou na dele.** – Respondi asperamente.

- **Mas, o que você tem para me responder tão friamente?** – Retrucou Maria.

- **Tem razão, me desculpe. Com certeza ele sabe que você é a mãe dele, mas a distância e a situação atrapalham.** – Cortei a conversa, não querendo demonstrar meus sentimentos por Jesus.

Nos anos que se seguiram, antecedendo o retorno de Jesus da Pérsia, eu não acompanhei mais Maria nas viagens de visita, procurando distanciar-me seja das decisões escolhidas pelos Magi e Maria, seja dos sentimentos paternos que demonstrava por Jesus. Os meus olhos não estavam prontos para ver um filho sofrer e menos ainda morrer. Eu já havia sofrido o suficiente e, com idade avançada, procurava transferir a atividade de família para meus filhos e me distanciar de situações que pudessem me causar desconforto. Quando o tempo passa e percebemos que a morte é um encontro inevitável, percebemos como as coisas que perseguimos nesta vida são tolas e fúteis, e a única riqueza que podemos conquistar é a paz. Desta forma, um dia nos bate à porta o filho mais velho de Gaspar, acompanhado de Jesus. Sete anos tinham se passado e eu, ocupando-me em ser útil e distanciado das escolhas de Maria para o próprio filho, não havia percebido a passagem dos últimos três anos. Depois de trocarem algumas palavras com Maria, ele veio falar-me enquanto me encontrava sentado na cozinha.

- **O filho de Gaspar está partindo, o senhor não vai se despedir?** – Perguntou-me.

- **Não.** – Respondi.

- **O senhor não foi visitar-me nos últimos três anos, por quê?** – Perguntou-me.

- **Estava muito ocupado com as coisas de casa.** – Respondi.

- **O senhor vai me ensinar a ser marceneiro?** – Insistia em dialogar.

- **Depende se você será capaz de aprender.** – Respondi me levantando e me afastando da cozinha.

- **Isso não vai adiantar nada, sabia?** – Disse-me ele enquanto eu ainda podia ouvir muito bem o que dizia, e sabia ao que se referia, mas preferi o silêncio como forma de evitar meu próprio sofrimento.

Jesus era uma criança muito inteligente, de modo que eu me perguntava o que poderia lhe ensinar. Ele não crescera em nosso contexto e eu não sabia por onde iniciar, porém, reconhecia a alegria de tê-lo de volta a casa. Logo, decidi ensinar-lhe a única coisa que sabia fazer bem, ou seja, a marcenaria, e ele aprendeu rapidamente, começando a ajudar-me em pequenas tarefas, pois minha idade avançada me impedia de apresentar-me nos grandes projetos que meus filhos assumiam.

Rapidamente, porém, meu filho mais velho, o qual também se chama José, começou a se utilizar de Jesus em pequenas tarefas da atividade familiar, como limpar, lixar a madeira ou desenvolver pequenos móveis. E, então, ele começou a ser conhecido em nossa comunidade, enquanto eu não sabia se teria sido uma boa coisa, pois quando seus discursos se fizessem ouvidos, a comunidade inteira saberia quem é e de qual casa viera.

O tempo passava e, enquanto Jesus se tornava adulto, eu me tornava ainda mais velho. As forças me faltavam, a vista me fugia, já não tinha mais a mesma disposição sequer para caminhar, muito menos para trabalhar. Eu me dedicava mais às orações. Deixei a atividade nas mãos de meus filhos sob o comando de José, que era o mais velho. Nós vivíamos bem e tínhamos o bastante, mas eu continuava clamando à Deus que mudasse o destino de Jesus, e não o deixasse beber daquele cálice.

- **Pai, o senhor vem?** – Perguntou Jesus, interrompendo minha oração.
- **Sim, Jesus. Diga à sua mãe que sirva o jantar que vou apenas me lavar.** – Respondi.
- **Certo, pai.** – Disse-me Jesus.
- **Jesus, espere.** – O chamei de volta enquanto me lavava.
- **Pois não, pai.** – Disse Jesus.

- **Você se lembra do poço de Mara?** – Perguntei.

- **Sim, lembro-me.** – Respondeu-me ele.

- **Que sabor tem aquela água quando colocada no cálice?** – Continuei perguntando.

- **Amarga, terrível de beber.** – Respondeu Jesus.

- **Quando falar com Deus, lembre-se daquelas águas.** – Eu lhe disse, sem adicionar mais nada, e entramos para jantar.

O futuro de Jesus era algo que eu não conseguia imaginar, e nem gostaria de prever. Olhando-o crescer, me penalizo pelo enorme peso que permiti ser colocado em seus ombros, e do qual fui cúmplice e omisso. Na verdade, eu não tinha mais qualquer convicção nas minhas próprias escolhas. O que eu sabia - e esperava - era que o nascimento de Jesus não tivesse sido uma série de tristes coincidências, pois uma vida é importante demais para se achar em meio aos acasos. Todas as demais mulheres violentadas naquela traumática noite não se acharam grávidas, apenas Maria, e isso não poderia ser um caso fortuito, ainda que o nosso milagre fosse apenas nosso, pois compreende um milagre apenas quem necessita de um, enquanto que quem não agoniza em sofrimento não sabe o alívio de uma cura, quem não está morrendo não sabe o prazer de estar vivo.

Desde que o bastão que apresentei jamais desfloresceu que tudo era muito confuso. Eu sempre acreditei nas profecias bíblicas e sei que o herdeiro do trono de Davi deveria retornar. Eu não posso crer que eu estava ali acidentalmente, próprio eu, descendente de Davi. Talvez meu coração, que já havia aprendido a ser pai, pudesse ser ainda útil, e eu aprendi a amá-lo desde a primeira vez que nossas mãos se tocaram, desde quando o apertei junto ao peito e ele pôde, pela primeira vez, vir um coração diferente daquele seu ou de sua mãe.

- **Jesus, hoje você faz a oração de agradecimento.** – Disse-lhe antes de comermos.

- **Pai, bendito és, Adonai, nosso Deus, rei do universo, que faz sair pão da terra; Pai, bendito és, Adonai, nosso Deus, rei do universo, que cria diversas espécies de alimentos; Pai, bendito és, Adonai, nosso Deus, rei do universo, que cria o fruto da vinha.** – Orou Jesus.

- **Jesus, por que você adicionou a palavra "pai" em nossas orações?** – Perguntei.

- **Porque se penso em Deus, imagino o teu rosto, pai.** – Respondeu-me ele, me deixando sem reação.

- **Como assim, Jesus? Isso é heresia. Deus é espírito, não podemos dele fazer imagem ou representação.** – Questionei.

- Eu sei, mas Deus não é outro senão um pai, o pai de todos nós, e não pode existir um relacionamento mais íntimo que aquele de pai e filho. Por que não posso transportar a nossa amizade na minha devoção à Deus? Quando olho em volta, nos vejo tão diferentes uns dos outros. Mas, mesmo assim não somos obra do mesmo Deus? Porém, alguns de nós procuram paz, outros guerra, todavia, Deus não ama a ambos? Pai, eu sei que não sou aquele que o senhor queria, não sou o fruto que esperava, o senhor se detém quando está para me demonstrar afeto, contudo, o senhor me amou menos por causa disto? Não, e é deste amor que eu gostaria fosse o mundo contaminado. – Respondeu-me.

- Jesus, eu não me detenho em demonstrar-te afeto porque você não é o filho que eu desejava, mas porque você tem uma estrada muito dura adiante, e eu não quero que aquilo que sentimos um pelo outro te sirva amanhã de bloqueio na realização dos propósitos de Deus na tua vida. – Respondi.

- Pai, apenas este afeto que nutrimos reciprocamente me será de força para atravessar tal estrada. – Replicou-me.

- Jesus, eu estou velho e não sei por quanto tempo ainda estarei ao teu lado. O maior medo de um pai é aquele de não estar presente para socorrer o próprio filho. – Respondi.

- **Pai, se compartilhares comigo a pessoa que és e não apenas aquilo que o senhor sabe, o senhor restará para sempre ao meu lado, pois onde eu for te levarei comigo.** – Disse-me Jesus, e emudeci.

Aquele diálogo me havia deixado bastante abalado. Antes de nos deitarmos, Jesus me encontrou aos fundos da casa, enquanto eu meditava naquelas palavras. Tudo em mim estava mudando, e eu me encontrava com bastante idade para mudanças.

- **Estas ideias de associar a paternidade à Deus te foram ensinadas pelos Magi?** – Perguntei.
- **Também, mas sempre que me falavam deste volto divino, me lembrava do senhor, e senti muito a sua falta nos últimos três anos.** – Respondeu-me.
- **Mas, quando eu lhe visitava você quase nunca me dirigia a palavra, estava sempre com sua mãe e Gaspar.** – Respondi.
- **Saber que estavas ali me dava conforto, pois nos demais dias eu procurava apenas contar os dias para que esses sete anos se passassem rapidamente.** – Respondeu-me, me deixando em lágrimas.
- **Jesus, me perdoe se estive ausente, mas o destino que decidiram para você me consome por dentro, e eu não consigo aceitar.** – Respondi chorando.

- **As coisas são como têm de ser, pai, e devemos crer que para tudo existe um propósito. O senhor sabia que nasci no dia sagrado do zoroastrismo, antes de começar a primavera, última terça-feira, por isso que levavam os presentes para doar na caravana?** – Disse-me ele.

- **Não, eu não sabia deste detalhe. Mas, os presentes não possuem apenas este significado em sua vida, particularmente.** – Respondi.

- **De todo modo, pai, um presente é sempre um presente, um modo de fazer aliança, de fazer as pazes, independente da utilidade que possuam. E eu sou um presente para a humanidade.** – Respondeu-me.

- **Jesus, você não sabe, você não é Deus para assumir tamanha responsabilidade.** – Eu lhe falava com a voz embargada.

- **Pai, uma profecia se realiza apenas quando cremos que se realizará, e que modo melhor de crer em uma profecia senão me tornando parte dela?** – Respondeu.

- **Você quer que tudo o que disseram os profetas e decidiram os Magi lhe aconteça?** – Perguntei.

- **Pai, eu digo apenas que um dia alguém deverá dar vida àquela profecia.** – Disse-me ele.

- **Porém, não precisa ser hoje e não deveria ser você.** – Eu lhe disse, me agarrando abraçado ao seu pescoço, e ele se agarrando em minha cintura.

Aquele abraço durou tempo suficiente para que não sentíssemos as horas passarem. As palavras dele eram ternas e verdadeiras, e me atravessaram a alma. Eu não apenas deveria ensiná-lo a viver, mas mostrar como viver, dando-lhe a segurança de que em qualquer adversidade, enquanto eu estivesse vivo, me faria sempre presente. Contudo, era inútil procurar afastá-lo daquele propósito e daquelas profecias, e em seu bar mitzvah tudo ficou muito claro.

- **Hoje se cumpriram estas palavras.** – Disse Jesus terminando a leitura de Isaías 61:1.
- **Como assim?** – Perguntou Nicodemos.
- **Mas, o que significa isto, José?** – Perguntou-me Gamaliel.
- **Calma, Gamaliel, deve ser apenas uma interpretação na vontade de dizer que coisas boas nos acontecerão.** – Eu procurava tranquilizar.

Alguns, em meio à multidão, diziam que era meu filho, que vivia em Galileia, e eu não sabia o que dizer ou fazer. Os anciãos mais idosos queriam agredi-lo, e eu me antecipei.

- **Se alguém tocar no meu filho será réu de processo por agressão à inocente e falsa acusação no tribunal romano.** – Gritei, silenciando as más línguas.

Havia muito pouco que eu pudesse fazer. Os ensinamentos dos Magi lhe haviam entrado na medula, e não podia mais ser-lhe arrancado, eram já parte de quem ele era. Eu não sabia como me comportar, pois nem queria ser invasivo, nem queria prejudicar ainda mais a sua formação. Depois de seu bar mitzvah ele era já um homem e deveria ser responsável pelas próprias escolhas, ainda que estas pudessem me ferir severamente. De minha parte, eu procurava estar presente em cada momento de sua vida, muito mais para que eu estivesse ao seu lado, mas não tinha muita saúde para acompanhá-lo constantemente.

Um ou dois dias na semana eu o levava para Tiberíades, para que pudesse se divertir com outros de sua idade. As vezes pescávamos juntos no barco que era de meu amigo Zebedeu, agora utilizado por seus filhos. As vezes, eu apenas o observava brincar com seus irmãos, Simão e João, seus primos Mateus, Tiago e Tadeu, filhos de meu irmão Alfeu, e os filhos de Zebedeu, Simeão, Tiago e André, enquanto eu restava sentado à sombra de qualquer palmeira. Ao final do dia, tornávamos à casa.

- **Maria? Eu acho que hoje vi o filho de Gaspar observando Jesus de longe, enquanto ele brincava no mar de Galileia.** – Disse à Maria quando voltamos da pescaria, ainda entrando em casa.

- **Tem certeza, José?** – Perguntou Maria.

- **Creio que sim. Eu tenho, porém, certeza que aqueles Magi seriam capazes de mantê-lo aqui apenas para observar.** – Complementei.

- **Talvez você tenha visto mal, José. Eu vi aquele rapaz partir com os soldados que o acompanhavam.** – Respondeu Maria.

- **Sim, talvez seja apenas minha vista cansada.** – Retruquei não querendo alongar a conversa.

Eu não dei muita atenção em procurar saber se era ou não o filho de Gaspar naquele dia. Procurava passar minha velhice ensinando Jesus a ser um homem, pois se abraçasse realmente a estrada que lhe haviam proposto, precisaria de integridade e discernimento. Os anos que antecederam o ministério de Jesus foram quase completamente em minha companhia. Eu não apenas o ensinei a ser marceneiro, mas a ser alguém capaz de terminar aquilo que iniciava, a ter um objetivo e a alcançá-lo com determinação, e a sempre dizer a verdade em face, independente do quanto seria doloroso. Todavia, quando me achava sozinho, ou porque Jesus brincava com seus irmãos, parentes e amigos, ou porque Jesus trabalhava com José e Simão, eu me via a pensar em tudo quanto havia feito com Maria, em busca de redenção.

- **Precisamos nos redimir, Maria, e se Jesus for realmente o Cristo, tudo o que fizemos teria um motivo justo.** – Eu lhe disse.

- **José, o que diz? Sabe que não podemos mencionar essas coisas em voz alta.** – Respondeu-me

- **Maria, estou velho, não sei quanto tempo tenho, quero morrer em paz. Nenhum segredo dura para sempre.** – Retruquei.

- **José, ninguém sabe que naquele dia minha irmã Maria Cleofa, que é minha gêmea, subiu a colina em meu lugar. Como dizer isso agora?** – Respondeu Maria.

- **E não interessa mais, Maria. Já faz muito tempo. Contudo, nós sabemos que você se escondia na casa de Alfeu enquanto eu corria para demonstrar minha inocência, e tirar sua irmã daquela situação.** – Procurava explicar.

- **José, porque não tínhamos outra opção, e eu tinha sido a abandonada, enquanto Cleofa crescia na proteção de nosso lar.** – Procurava justificar-se.

- **Maria, aquilo que importa é termos a consciência tranquila. Enquanto Cleofa ia em seu lugar beber da água amarga, você estava clamando ao nosso Deus, na casa de Alfeu, com Susana e Abigea. Quando sua gravidez se tornou um mistério para todos que viram aquele teatro, você foi para a segurança da casa de Isabel...** – Procurava explicar, mas ela me interrompeu aos gritos.

- **Por que você insiste em me maltratar, José? Por que? Eu não tenho culpa. Os meus pais fizeram aquele maldito voto de doar para o templo a criança provinda daquela gravidez miraculosa, e quando minha mãe soube estar grávida de gêmeos, após o parto entregou apenas uma de nós aos cuidados sacerdotais, ou seja, eu, eu, José, eu.** – Dizia-me, gritando e chorando.

- **Eu não estou lhe culpando, Maria. Eu estou procurando lhe mostrar que você não precisa ter medo de mais nada, pois Deus, preservando você e Jesus, demonstrou que era conosco. Eu, quando bebi da água, era inocente, mas Deus, vendo nosso plano, poderia também nos ter matado, mas eis-nos aqui.** – Expliquei-lhe.

- **E por que eu? Por que abandonaram a mim? Se jamais me tivessem abandonado, nada do que me aconteceu teria acontecido.** – Gritou-me entre soluços e lágrimas, esmurrando meu peito.

- **Maria, você ainda tem mágoa de seus pais? Mas, e se não tivessem te abandonado, como nos encontraríamos? Você não percebe que tudo aquilo que lhe aconteceu nos trouxe até aqui? As circunstâncias nem sempre são aquelas que esperávamos, Maria, mas nos trazem sempre para o lugar no qual nos encontramos hoje.** – Respondi, a abraçando com força.

De fato, era como se tudo estivesse traçado. Uma gravidez na velhice de Ana que, no lugar de um milagre, gera dois, nascendo as duas Marias, e apenas uma sendo entregue aos cuidados do templo, justo a minha Maria. Os planos de Deus nem sempre são os perfeitos caminhos que imaginamos. Na maioria das vezes seus planos nascem das circunstâncias mais atrozes e desesperadoras com as quais nos confrontamos. E, de tamanho desespero, nasce Jesus, um possível messias, fruto de uma antiga profecia, mas eu não quero outro messias, quero apenas aquele que tomei por meu filho.

Enquanto Maria chorava agarrada ao meu peito, eu me sentia sempre mais impotente. Idoso, sem forças, não encontrava dentro de mim reação, e meus esforços para dissuadir a estrada que Jesus estava adotando eram inúteis. Era já comum, quando passeávamos pelo mar da Galileia, que eu o visse ensinando seus conceitos aos irmãos, primos e amigos, do que se divertindo como das outras vezes. Aquelas oito crianças cresciam debaixo de uma interpretação da lei bem distinta daquela à qual éramos acostumados. Jesus sabia que não existia modo melhor de formar discípulos do que iniciando a doutriná-los ainda pequenos, como tinha acontecido com ele mesmo.

- **Não é quando temos as respostas ou as explicações para resolver um problema que aquele se torna mais fácil. Na maioria das vezes pouco importa o modo com o qual afrontamos o problema, pois ele simplesmente não possui solução imediata, e precisamos confiar que nesta vida tudo segue o mesmo fluxo e caminha na mesma direção ou propósito divinos.** – Dizia Jesus.

- **Talvez tenhas razão.** – Respondeu André.

- **Espero que sim, pois eu me tenho confiado nestas verdades. Nunca mais vi teu irmão, André, o Simeão.** – Disse Jesus.

- **Ele assumiu os barcos e o comércio de nosso pai.** – Respondeu Tiago.

- **Porém, eu conto com ele para que essa nossa iniciativa alcance seus objetivos.** – Disse Jesus.

- **Quando o momento se apresentar, Jesus, com certeza Simeão se fará presente.** – Disse André.

- **Jesus, é hora de tornarmos a casa** – Gritei de longe, procurando tirá-lo daquela conversação.

- **Devo ir.** – Disse Jesus, se afastando dos amigos.

- **Os Magi lhe ensinaram essas coisas e lhe disseram de fazer discípulos?** – Perguntei durante o caminho de volta à casa.

- **Eles me disseram que seria bem mais fácil mudar a consciência das pessoas começando o mais cedo possível.** – Respondeu Jesus.

- E, então, você pensou em doutrinar seus irmãos, primos e os filhos de Zebedeu. – Retruquei.

- Inicialmente não. Eu tentei ensinar no tempo quando apenas tornei de Shiraz, se lembra? Mas, apesar de se admirarem com minha interpretação das escrituras, não me deram ouvidos. Então, quando vínhamos ao mar da Galileia para pescarmos, comecei a ter a ideia de iniciar com um grupo pequeno de no máximo doze, para recordar os patriarcas e as tribos de Israel, mas eles ainda são em nove. – Explicou Jesus.

- Nove? Você quer dizer que com você são nove, justo? – Perguntei.

- Não, é que o filho de Gaspar nos segue à distância, eu já o percebi e sei que fica nos escutando. – Respondeu Jesus, me deixando perplexo.

Eu tinha certeza que o havia visto, e isto significava que havia já dezessete anos que o filho de Gaspar nos espiava. Com certeza era ali apenas para garantir que o plano dos Magi se concretizasse. Saber daquela realidade me causava repugnância, pois jamais acreditei que os planos divinos precisem da vigilância humana, e comecei a orientar Jesus no desejo que desistisse de tudo aquilo que lhe haviam ensinado, da pessoa que desejavam que ele fosse.

Aqui e ali, quando Maria escutava nossas conversas, me recriminava por incutir-lhe tais ideias, corrigindo-me a não incentivá-lo a desistir, e eu a confrontava violentamente na minha velhice, com discussões que doíam em ambos.

- **Olhe o que você está fazendo a seu próprio filho. É mais seu que meu, quem é você para decidir o que ele deve ser ou fazer? A vida é um dom de Deus e cada um deve decidir por si mesmo como vive-la. Mas, você e aqueles feiticeiros encheram a cabeça do rapaz de ilusões, não é agora homem pois sequer conhece mulher, que vida é essa na qual se é impedido de viver os próprios sonhos?** – Eu gritava contra Maria.

- **Eu sei que você o ama, José, e que se possível tomaria o seu lugar nessa estrada, porém, os Magi, ou eu mesma como você diz, apenas apresentamos um caminho à Jesus. A decisão de caminhar por esta estrada é ainda inteiramente dele. Por favor, não me ofenda mais, esta não é uma minha forma de redenção, é um fardo que desde que fui violentada tenho aceitado, e para que você saiba, pois parece não prestar atenção em nada, Jesus se apaixonou por Madalena.** – Respondeu-me

- **Pela viúva? Tantas moças virgens e de boas famílias em Israel, e ele se apaixona por uma viúva? E que ainda vive longe, na Judéia?** – Retruquei.

- Eu não me apaixonei por ela, eu apenas sei que ela é o melhor para mim, assim como sou o melhor para ela. Vocês ainda vivem o amor de maneira ilusória, o qual possa ocorrer ou dentro de um contexto legalista, ou dentro de um contexto moralista, quando o amor é a decisão de fazer bem ao outro, reciprocamente. Olhem para vocês mesmos! Eu não vejo um dia sem discussão dentro desta casa, e isso para vocês é amor? Que benefício têm feito um ao outro? – Interrompeu Jesus, que nos escutava em segredo.

- **Então, você não a ama pela sua formosura ou aparência?** – Perguntei.

- **Eu a amo completamente, por quem é e por quem será, pois sua formosura não durará para sempre, ao contrário do senhor, que tomou minha mãe por ser jovem e virgem, porque você vive dentro de um contexto onde a lei parece perfeita, quando ela revela apenas o que é de ruim. Veja o que lhes aconteceu. A virgem foi violentada e ambos mentiram aos sacerdotes, burlando a lei como fez Davi e Bateseba, de modo que hoje não conseguem mais viver em união, porque não existia no senhor a decisão de amá-la independente das circunstâncias inevitáveis desta vida. Eu amo Madalena por quem é e por tudo aquilo que a vida nos pode causar, assim como lhe ama minha mãe, independente daquilo que o senhor pensa dela.** – Respondeu-me Jesus.

- **Eu amo sua mãe, de fato, e bem mais daquilo que você imagina e julga, e lhe aconselho a moderar a língua dentro desta casa e de respeitar as escolhas que adotamos, pois foram elas que te mantiveram em vida.** – Respondi.
- **Perdoe-me, pai.** – Respondeu Jesus se retirando.
- **Você sabe que te amo, justo, Maria?** – Perguntei-a.
- **Sim, e você sabe que você é minha vida, não sabe?** – Respondeu-me Maria.
- **Sim, eu sei. Perdoe-me por ser tão irredutível.** – Respondi.

No final, emudecidos pela sabedoria de Jesus, todos sabíamos quem ele realmente era ou deveria ser. O judaísmo jamais se havia ladeado ao paganismo das outras culturas, mas, a certo ponto entendíamos que a promessa messiânica feita no passado deveria se repetir como nos tinham explicado os Magi, pois eram todos descendentes da mesma raiz adâmica. Enfim, entendíamos que aquela profecia não era apenas uma nossa propriedade, e que um potencial candidato à messias conseguiria assimilar em si mesmo as divergências entre conhecer e cumprir, assim como acontecera à Maria, pois querer ser a mãe do messias é completamente diverso de encontrar-se com um no próprio ventre.

E, assim, nossos papéis não eram o de apenas crescê-lo, e sim de criar-lhe um destino, uma meta, por mais doloroso que nos fosse. Eu, contudo, não conseguia me silenciar, e procurava de todo modo poupá-lo daquele destino. Mas, na minha avançada velhice, os projetos feitos para a vida de Jesus começaram a tomar forma, e seus fiéis amigos de infância o seguiam quando ele iniciou a pregar publicamente. Quando Jesus se apresentou chamando-os, seus corações já eram fiéis aos seus ensinamentos e entendiam que era hora. Eu olhava Jesus com o imenso pavor de não estar ao seu lado quando algo lhe acontecesse. Todavia, não sabia que passo deveria dar.

- **José, Jesus está sendo fortemente atacado em Tiberíades por causa do conteúdo de suas mensagens.** – Veio avisar-me Alfeu, ofegante.
- **Vamos ao seu encontro.** – Pedi-lhe, enquanto me levantava.

Procurei forças no bastão que usava como apoio, e corri ao seu encontro, desesperadamente. Chegando às margens do mar da Galileia, vi a multidão que o cercava, enquanto ele restava de pé sobre uma rocha, a anunciar-lhes a nova mensagem, as boas-novas como chamavam. Eu me aproximei o suficiente para que ele pudesse me ver e ouvir.

- **Jesus, basta. Vamos para casa.** – Disse-lhe, interrompendo seu discurso.

- **Na verdade, lhes digo que os maiores inimigos que encontramos são aqueles da nossa própria casa, que querem silenciar nossa voz por haverem fobia à mudanças.** – Disse Jesus, depois de haver me visto e suspirado uma pausa, olhando-me nos olhos.

- **Jesus, não me constrinja a levá-lo a força.** – Respondi.

- **Escutem bem, pois vocês não devem temer Roma, Babilônia, Pérsia, Egito ou aquele que, pela força, lhes possa tirar as vestes ou a vida, mas apenas aquele que, depois de tirar a vida, pode ainda lhes dar tormenta eterna.** – Respondeu Jesus, a alta voz, ainda olhando-me nos olhos.

- **Mas, que tormenta seria pior que os sofrimentos desta vida?** – Gritou Simeão do meio da multidão.

- **De morrer sabendo que os seus entes queridos restarão ainda em sofrimento, e nada se poderá fazer a respeito.** – Respondeu Jesus, se dirigindo à multidão.

- **Mas, qual sofrimento é pior que a morte?** – Perguntava André, incentivando a massa.

- **Aquele de permanecer no engano, de viver uma ilusão, pois apenas a verdade nos pode libertar a alma das cadeias que nos impuseram.** – Respondeu Jesus.

- **Basta, Jesus. Esta não é uma sua obrigação, você não deve vivê-la sozinho, nem obrigar-se a tamanho sofrimento.** – Procurava dissuadir-lhe.

- **É, portanto, que as palavras que hoje anuncio não possuem o intento de dar-lhes paz, mas guerra. De colocar uns contra os outros, irmão contra irmão, até que a verdade prevaleça, até que uma mudança nos aconteça a todos, de dentro para fora.** – Dizia Jesus olhando diretamente para o filho de Gaspar.

- **Simão, segure-o por trás enquanto Alfeu, João e eu lhe tomamos pela frente com as cordas, e assim o levamos para casa, antes que suas palavras incitem o ódio entre as autoridades.** – Eu planejava com meus outros filhos e meu irmão.

Enquanto Simão tomava posição, rodeando a multidão para alcançar Jesus pelo outro lado, o filho de Gaspar, percebendo o complô, correu ao encontro de Jesus e lhe disse de se avizinhar da multidão, a qual era já em torno a 500 pessoas. Quando me encontrei com Alfeu no lugar em que pensávamos Jesus estivesse, ele já se encontrava rodeado por uma multidão intransponível.

- **Por que você ainda está aqui e permanece invadindo nossas vidas?** – Disse, agarrando o filho de Gaspar pelo braço.

- **Eu sou o irmão mais velho de Jesus, e sou aquele que serve.** – Respondeu-me.

- **"Isk arioth", venha.** – Gritava Jesus, evitando que o filho de Gaspar discutisse comigo.

JUDAS

- **Existe uma condição pior que a morte.** – Ensinava Jesus.

- **E qual seria?** – Perguntei com um tom sarcástico e um sorriso nos lábios.

- **Aquela na qual você permanece vivo para assistir morrer a quem ama**. – Respondeu-me.

Éramos em mais de duas mil pessoas, mas aquelas palavras me vieram direto ao coração. Aquele maldito sermão me conquistou sob cada singolo ponto de vista. Havia razão, e eu me encontrava perdido entre minha missão e as palavras de Jesus. Desde que deixei a Pérsia para devolver aquele Jesus de 07 anos aos seus pais, muita coisa havia mudado nele, e também em mim. Eu o seguia a distância, como um mendigo pelas estradas. Semanalmente, meu pai, Gaspar, me enviava recursos para sobreviver, mas era melhor permanecer um aparente mendigo e não chamar atenção. A missão que me haviam confiado ecoava ainda em meus pensamentos, e eu me agonizava entre o sentimento fraterno que sentia por Jesus, e o dever para com a humanidade.

- **Giuda, você sabe o que deve fazer?** – Perguntou-me papai antes que eu partisse com Jesus.

- **Sim. Devo entregá-lo aos seus pais e segui-lo sempre, todavia, sem me fazer notar.** – Respondi.

- **Exato. Escreva tudo aquilo que é importante a seu respeito, esteja sempre nas sombras mas, se por acaso ele necessitar, meu filho, não evite de socorrê-lo. Você será o seu irmão mais velho e, como tal, deverá tomar conta dele.** – Disse meu pai, Gaspar.

Eu tinha apenas 14 anos, o dobro da idade de Jesus, e não conhecia nada além de Shiraz. Mas, não era a viagem que me aterrorizava, e sim o que esta missão poderia exigir de mim mesmo. Afrontava o desafio com a coragem de um homem e o olhar de uma criança. Dois servos nos fariam a guarda durante o trajeto, porém, ainda assim me sentia incrivelmente vulnerável. Com o pavor de quem enfrenta o desconhecido pela primeira vez, preparei nossos pertences, organizei nossos animais, e partimos em direção a Nazaré, me abrindo estrada para um mundo novo, deixando para trás tudo aquilo que eu conhecia até então. Abracei minha mãe, Fátima, dizendo-lhe que não a iria decepcionar, enquanto ela, me olhando com ternura, me dizia que eu já era seu maior motivo de orgulho e, com um aceno de mão, me despedi de meu pai, sem saber se nos veríamos novamente, sem saber se me amaria mesmo se eu falhasse em minha missão.

Desde que trouxeram Jesus para aprender nossas artes que estreitamos nossos laços. Eu o ajudava em seus afazeres, ensinei os primeiros passos, a brincar, a sorrir, a cair e se levantar. Todavia, aos quatro anos era muito mais hábil que qualquer outra criança, era como se tudo aquilo que nos ensinavam ele absorvesse naturalmente.

- **Giuda, para onde vamos?** – Perguntou-me Jesus, interrompendo meus pensamentos.
- **Para a casa de seus verdadeiros pais, e a partir de hoje me chame apenas de isk arioth.** – Respondi.
- **Isk arioth!? Como preferir, irmão!** – Exclamou Jesus.
- **Você se lembra de seus pais, Jesus?** – Perguntei.
- **Claro, se bem que lembro mais de minha mãe que, de tempos em tempos, vinha me visitar, nem sempre acompanhada de meu pai, mas sempre de meus irmãos e irmãs. Lembro que um dia vieram também meus primos.** – Respondeu-me.

A viagem era longa e durante o percurso repousávamos em nossas tendas e sonhávamos sobre o que ele faria, que sonhos desejava realizar.

- **Não possuo muitos sonhos, penso que desejo apenas cumprir o propósito para o qual nasci.** – Disse-me Jesus.
- **Apenas isso? Nada mais?** – Perguntei.

- **Talvez, me casar com uma bela esposa.** – Respondeu-
me.

- **Seria mais importante casar com uma boa esposa.** –
Retruquei.

- **E não é a mesma coisa?** – Perguntou-me.

- **Não. Uma esposa bela nem sempre é uma boa esposa.** –
Expliquei.

- **Entendi. Irmão, você acha que eu sou mesmo aquele de
quem Zaratustra falou?** – Perguntou-me Jesus.

- **Até agora tudo aconteceu como ele havia previsto,
então, tem de ser, não pode ser coincidência, Jesus. É
você aquele que levara a paz a todos os povos.** –
Expliquei-lhe.

- **E você, irmão, o que planeja para o seu futuro?** –
Perguntou-me.

- **Eu espero apenas de ser um bom irmão para você,
Jesus.** – respondi.

Ao chegarmos em Nazaré, entreguei Jesus a
Maria, como prometido.

- **Giuda, não esqueça que você é meu irmão mais velho,
eu não vou te esquecer.** – Disse-me Jesus me agarrando
pelo braço e me abraçando antes que eu me retirasse.

- **Não deve me chamar Giuda, já lhe disse, mas de isk
arioth.** – Respondi retribuindo o abraço e beijando-lhe a
face.

- **Isk arioth? O que significa, Jesus?** – Perguntou-lhe Maria enquanto eu me afastava.

- **Significa em persa "aquele que serve", mãe!** – Respondeu Jesus.

Eu fui viver na casa de dependência na propriedade da profetisa Ana, filha de Fanuel, e nos anos seguintes, estive sempre acompanhando o crescimento de Jesus e a vigiá-lo como um irmão mais velho, coisa que seus verdadeiros irmãos não faziam, pois tantas vezes zombavam dele, tratando-o com desdém por ser o escolhido, semelhante ao que acontecera ao filho de Jacó. Jesus, porém, havia sempre a companhia de seu pai, diverso do que me acontecia, pois parecia que meu pai sequer me tinha apreço.

Semanalmente minha mãe me visitava, trazendo-me os alimentos que eu gostava, passando um dia inteiro comigo, e retornando para Shiraz a noite. Uma vez por mês meu pai a acompanhava, portando o dinheiro para as despesas locais e bens de escambio. Eu era um jovem adulto vivendo em extrema solidão. E, assim, pensei em me aproximar de Jesus, pedindo-lhe que deixasse em segredo minha presença na Palestina. Porém, precisei estudar os hábitos de sua família, para encontrar um modo de me aproximar sem fazer-me notar.

Assim, encontrei nos amigos mais próximos de Jesus uma oportunidade, pois era comum que Jesus fosse a Betânia, na Judéia, passar alguns dias com Eleazaro, Marta e Maria, filhos de Jairo, o primo de Maria.

- **Vejo que encontrou a sua esposa.** – Eu lhe disse, me aproximando desapercebido entre os arbustos, enquanto ele esperava que os filhos de Jairo trouxessem uma corda ou as bolas de pedra para jogarem.

- **Irmão!? Que alegria! O que você faz aqui?** – Perguntou-me Jesus me abraçando, surpreso por haver-me visto.

- **Shh! Fale baixo, não quero ser visto por ninguém. Eu nunca voltei para Shiraz, tem sido minha tarefa lhe observar de longe e lhe proteger.** – Expliquei.

- **E por que nunca se fez presente? Por que nunca foi me visitar?** – Perguntou-me.

- **Porque meu pai não me permitia, e mesmo agora eu vim lhe falar por conta própria. Perdoe-me se não o fiz antes, mas eu não sabia como desobedecer as ordens de meu pai, pois lhe foram dadas diretamente da Baltasar.** – Eu lhe expliquei.

- **Eu entendo, irmão, não se preocupe, está tudo bem. Como você está? Onde vive? Precisa de alguma coisa?** – Perguntava-me, ainda, Jesus.

- **Não, está tudo bem. Nossa mãe, Fátima, vem me visitar sempre no terceiro dia da semana, e meu pai, Gaspar, a acompanha uma vez por mês.** – Respondi.

- **Sim, mas onde tem vivido?** – Insistia ele.

- **Na dependência da propriedade da falecida profetisa Ana, hoje administrada por seus filhos.** – Respondi.

- **Desde que viemos da Pérsia?** – Perguntou-me.

- **Sim. Mas, e então, é aquela que se aproxima a sua futura esposa?** – Perguntei, me referindo a Maria.

- **E quem sabe? Eu gostaria. Ela foi me visitar em Shiraz, lembra?** – Perguntou-me.

- **Não, não me lembro de a ter visto.** – Respondi.

- **Sim, esteve lá em uma das visitas de minha mãe. Mas, Jairo a prometeu à um jovem rico.** – Explicou-me.

- **Eles estão chegando e não quero ser visto agora, tenho de ir. Jesus, ninguém deve saber que nos vimos. Eu virei sempre lhe visitar aqui, na casa de Jairo, onde nos é possível falar sem sermos vistos, entendeu?** – Eu lhe disse.

- **Está certo. Que a paz esteja contigo, irmão.** – Disse-me.

- **E também contigo, meu pequeno Isa.** – Respondi, sorrindo, e me ausentando na vegetação.

Daquele dia em diante nos encontrávamos ao menos duas vezes por mês na região de Betânia, e eu o seguia na formação de seu ministério que, passo a passo, começava a reunir discípulos, iniciando por alguns de seus irmãos, depois seus primos, posteriormente os filhos de Jairo e, evidentemente, também eu o seguia.

- **Todos os cativeiros que Israel atravessou tiveram por origem a desobediência e a forte apatia espiritual de nossos antepassados.** – Dizia Jesus.

- **E você diz que hoje estamos atravessando um cativeiro?** – Perguntou Eleazaro.

- **O que você me diz? Qual a diferença deste cativeiro para aquele babilônico? Naquele período parte do povo foi levada em exílio, enquanto outra parte vivia nas ruínas de Jerusalém. A única diferença é que Roma percebeu ser inútil levar o povo em escravidão se pode forçá-lo a trabalhar contribuindo com impostos para o império. Mas, de todo modo, não é este o ponto, pois trabalhar debaixo destas ideias, como tem feito, por exemplo, você Pedro, que se juntou aos zelotes, não vai mudar nada.** – Replicou Jesus.

- **E devemos fazer o que? O que fez Levi, teu primo, que se tornou cobrador de impostos, trabalhando com Roma e traindo o próprio povo?** – Perguntou Pedro.

- **Mateus está lá dentro para aprender como funciona a organização romana, tudo planejado, Pedro, pois você bem sabe que cada um de nós é um revolucionário. Contudo, nada disto vai adiantar se nossos objetivos não estiverem bem determinados. Devemos reconhecer que não podemos combater o império, a não ser que o sentimento de revolta não floresça em todo o povo de Israel.** – Respondeu Jesus.

- **E como podemos fazer isso?** – Perguntei.

- **Demonstrando que nos encontramos debaixo de um novo cativeiro devido à pobreza espiritual de nossos sacerdotes, os quais interpretam a lei em benefício deles mesmos e restam de conluio com Roma para não sofrerem opressão política. Os sacerdotes e os governantes de Israel se ladearam aos romanos por meio de acordos políticos apenas para evitarem atravessar a miséria que hoje acomete todos em Israel. É desta hipocrisia que devemos nos livrar.** – Explicou Jesus.

- **É algo impossível, Jesus. Seria reformar toda a fé de Israel.** – Advertia Tadeu.

- **A verdade é que de qualquer lugar e por meio de qualquer um deverá um dia iniciar, e espero que sejamos nós a fazê-lo.** – Respondeu ele.

- **Você sabe as consequências que enfrentará caso ataque abertamente o sinédrio, não sabe?** – Disse-lhe seu irmão, Simão.

- **Sim, e de fato estou preparado para dar a minha vida. E é bom que entendam que esta é uma minha escolha. Ninguém tomará a minha vida, mas eu voluntariamente desde hoje estou decidindo assim. E lhes falo isto para que, quando tal momento chegar, se chegar, nenhum de vocês intervenha, mas confiem na minha decisão e no Deus ao qual servimos.** – Respondeu Jesus.

- **Ainda bem que nosso pai não é mais vivo, pois ele jamais permitiria ou aceitaria ver tamanho sacrifício de sua parte.** – Comentou João, relembrando a morte de José, que faleceu depois de haver procurado impedir a primeira pregação pública de Jesus. Apesar de a morte de José ter se dado por causas naturais, Jesus ainda se sentia culpado, e não escondia os olhos lacrimejantes ao ouvir as palavras de João.

Deste modo, o ministério público de Jesus iniciou com uma série de discursos que interpretavam a lei mosaica a partir do sofrimento humano, inicialmente na região da Galiléia, onde era já conhecido e pôde afluir grande multidão, se espalhando por toda a Judéia, Samaria, até alcançar as portas de Jerusalém e toda a Palestina. As suas mensagens eram uma leitura inteiramente humana da fé. Toda aquela espiritualidade mosaica fôra renunciada em benefício de um comportamento altruísta. Jesus não apenas ouvia as queixas dos israelitas, mas se compadecia, lhes dava amor e atenção. Observando-o, percebi que mais de vinte anos tinham se passado e aquela criança, que comigo partira de Shiraz, tinha se tornado meu mestre. Ele, porém, havia perdido aquele olhar afetivo de quando deixamos Shiraz, como se soubesse de algo que eu ainda ignorava.

- **Por onde começamos? Eu acredito que deveríamos ir diretamente para Jerusalém.** – Disse Eleazaro quando nos achávamos reunidos na casa de Alfeu.

- **Meu amigo, você, Marta e Maria poderão sempre nos acompanhar, mas nem você e nem elas poderão ser meus discípulos.** – Falou Jesus.

- **Por que? Por causa do que eu apenas disse?** – Replicou Eleazaro.

- **Não, de forma alguma meu amigo, mas porque devemos dar a Israel um sinal, e meus discípulos devem ser um total de doze, e todos homens.** – Explicou Jesus.

- **Sim, mesmo que Marta e Maria não possam, eu poderia, e seríamos em treze.** – Disse Eleazaro.

- **O que temo é pela sua saúde, sempre muito debilitada desde pequeno. Eu não quero que inesperadamente algo lhe aconteça, pois me sentirei ainda mais culpado. É um peso que não quero carregar, basta como me sinto por meu pai. Eu posso oferecer minha vida em sacrifício, mas não a de um amado amigo. Além disto, estaremos sempre juntos e a casa que Jairo lhes deixou usaremos como um ponto de apoio quando estivermos na Judéia, assim como a casa de Pedro.** – Explicou Jesus.

- **Mas, meus filhos estarão a frente de tudo contigo, justo?** – Perguntou Maria Cleofa, tia de Jesus.

- **Como assim? Estamos juntos desde o início, aqui não existe precedência.** – Disse Bartolomeu.

- **Quem quiser ser o primeiro será o último, e vice-versa Cleofa. Aqui não existe hierarquia, somos todos uma mesma família, e eu sou o primeiro a servir meus irmãos.** – Respondeu Jesus, enquanto fazia o serviço dos empregados e nos lavava os pés.

- **Não todos, pois Pedro, André, Tiago, Tomé, Bartolomeu, Filipe e Giuda não são familiares.** – Disse Simão.

- **Eu cresci com Giuda e ele sempre cuidou de mim por todos esses anos, desde que fui levado à Pérsia. Pedro, Tiago e André são amigos de infância, filhos de um amigo pessoal de meu pai. Tomé, Bartolomeu e Filipe trabalhavam com José, meu irmão mais velho, que assumiu os negócios de nosso pai. Então, somos parte uma só família, pois nos conhecemos desde crianças e, se queremos mudar algo em Israel, devemos iniciar desmascarando o cinismo dos prepotentes, que em nada são melhores dos demais israelitas, tanto menos melhores de outros homens. Não seremos como a casta farisaica que diz haver a mensagem de vida eterna, todavia, não socorre o pecador, antes o expulsa e afasta do templo e dos cultos. Ora, como pode o pecador se redimir se não é livre de apresentar suas ofertas ou de fazer suas orações? Basta de tanta hipocrisia e se não mantivermos essa consciência entre nós, não faremos nada e será tudo vão.** – Respondeu Jesus.

- **E o que faremos, então? O que devemos fazer?** –
Perguntou Tomé.
- **Cada um terá um papel específico e bem definido.** –
Respondeu Jesus.

Jesus distribuiu tarefas a fim de tornar a atividade ministerial mais dinâmica. Desta maneira, os filhos de Zebedeu eram encarregados de suprir as necessidades alimentares com o trabalho pesqueiro que herdaram do pai. Bartolomeu, Tomé e Filipe eram responsáveis por convidar os ouvintes e divulgar o ministério nas regiões que visitávamos. Os irmãos e primos de Jesus conversavam com as pessoas antes que se iniciassem os sermões, a fim de a mensagem ser capaz de aliviar o sofrimento daqueles presentes. Eu fiquei encarregado de administrar as doações feitas em dinheiro para pagamentos das taxas e nossas despesas necessárias, enquanto as mulheres acolhiam os necessitados e administravam as doações alimentares, as quais eram divididas entre a casa de Jairo e a casa de Pedro, de modo a termos suporte em Galiléia e também na Judéia. Durante os sermões de Jesus, nós nos misturávamos com a multidão para fazermos perguntas e pedir explicações à Jesus, motivando todos a apresentarem suas queixas e problemas.

- **Vocês não devem odiar aqueles que lhes odeiam, pois do contrário este ciclo de ódio jamais terá fim. Eu sei que os sacerdotes lhes consideram amaldiçoados e pecadores por causa de suas doenças e problemas, mas se vocês também começarem a odiá-los, nada mudará, nem mesmo em vocês. Amar a quem nos ama não nos dá qualquer tipo de orgulho ou honra.** – Dizia Jesus, aos pés do monte Meron, com o monte às costas e a planície de frente, para uma multidão de mais de três mil pessoas que nos seguia desde Cafarnaum.

- **Como pode ser? A quem devo amar para ser honrado?** – Perguntou Pedro.

- **Àqueles que lhes fazem mal, pois o ódio que se paga com ódio gera morte, mas o amor anula qualquer sentimento de ódio. Vocês não são malditos ou pecadores, mas bem-aventurados. Demonstram mais fé que todos os demais em Israel, pois suportam além das próprias dores, todas as calúnias e difamações, discriminações e maledicências, sem jamais se deixarem abater. E devem se orgulhar, pois vocês são o sal e a luz deste mundo, pelos quais nosso Pai que está nos céus me tem enviado em cumprimento às escrituras, afinal, por causa de vocês hoje Israel pode enxergar a própria soberba que afunda toda uma nação em desgraça, que se manifesta em ódio e injustiça, mas eu lhes asseguro que o perdão é a maior das ofertas.** – Explicou Jesus.

- **Devemos perdoar tudo aquilo que nos fazem?** – Gritou Simão do meio da multidão.

- **As ofertas que deixamos no templo o que significam se não um pedido de perdão? Mas, se devemos sacrificar um animal ou fazer qualquer doação de nossas colheitas para alcançar o perdão divino, quanto maior oferta não será sacrificar nossos desejos vingativos em benefício do perdão àqueles que nos maltratam? Os pecados que cometemos são sempre contra nossos próximos, pois não podemos ofender a Deus por aquilo que somos. Logo, já não dizia o profeta Samuel que o obedecer é melhor que o sacrificar? E como iniciam nossos mandamentos? Nos orientando a amarmos primeiramente à Deus e, por conseguinte, ao próximo, de modo que se somos capazes de amar, seremos incapazes de cometer os pecados conseguintes elencados na lei, pois o pecado é fruto de uma carência de amar.** – Explicava Jesus.

- **Então, o que devemos fazer? Dar esmolas e praticar o jejum como fazem os doutores da lei?** – Perguntou André.

- **Sim, mas não publicamente, não com o interesse em recompensas. O bem deve ser gratuito assim como o mal é gratuitamente praticado neste mundo. As esmolas não são motivo de vaidade, mas uma responsabilidade para com nossos irmãos que sofrem na miséria.** – Explicava Jesus.

- **E o jejum?** – Perguntou João.

- **O jejum é uma prática subestimada que não deve se apresentar na forma de um sofrimento, pois o jejum é deixar o exercício de alguma atividade cotidiana para permanecer em orações com nosso Senhor e Pai, não é sofrer a fome, mas um prazer na comunhão espiritual que nos faça não sentir outra necessidade além daquela de fortalecer a intimidade com Deus.** – Explicou Jesus.

- **E de que maneira podemos orar para fortalecer nossa comunhão com Deus?** – Perguntou Bartolomeu.

- **A oração não é um monólogo repetitivo, baseada neste ou naquele profeta, pois tantos não profetizaram em nome de Deus, tanto que até hoje suas profecias permanecem inconclusivas e esquecidas. Muito menos a oração é a perseguição das necessidades pessoais, pois o verdadeiro tesouro é onde se encontra o coração, não onde este mundo nos faz parecer encontrar-se. A oração não é uma atitude imprecatória e vingativa, mas a manifestação do amor e do perdão, pois se vocês pensam que Deus ouvirá uma oração vingativa, devem tomar cuidado já que certamente ele ouvirá também as orações imprecatórias que fazem contra vocês. A oração é um diálogo que nem sempre é imediatamente respondido, mas que gera prazer na espera, alimentando a fé e a confiança de que ele nos ouviu.** – Explicou Jesus.

- **Então, como devemos orar? Ensina-nos, por favor.** –
Insistiu Bartolomeu, nitidamente quebrantado.

- **Quando orar, devem se expressar abertamente, não ter vergonha do que dizem e nem de quem são, pois Deus de todo modo vê e conhece. Sejam sinceros, rompendo a barreira do medo e da distância, já que Deus não é outro senão um pai amoroso. E pensem naquilo que gostariam de dizer ao pai de vocês, como se ele não estivesse mais aqui e vocês tivessem a necessidade doentia de haver-lhe dito algumas últimas palavras, mais ou menos assim: Pai, tu que estás onde não posso mais te ver, e tudo o que me resta é aceitar, com respeito, esta nossa distância e esta tua vontade que tanto me machuca, gostaria de te agradecer por todas as vezes que dividimos o pão, porque nunca me deixastes faltar, e porque sempre que o dividimos existia entre nós um sinal de perdão recíproco, da mesma maneira que, não me deixando faltar, existe ainda hoje a manifestação de teu amor providencial, perdão e amor que devemos perpetuar transmitindo-os aos nossos semelhantes, suplicando constantemente para que nos dês a força de não manifestarmos qualquer violência contra o próximo, recaindo na semelhança daqueles que hoje nos odeiam, te pedimos, livra-nos de tamanho mal, amém.**

– Disse Jesus, sem conter as lágrimas, nitidamente se referindo a José, seu pai.

A multidão, silente, se encontrava nitidamente comovida com as palavras de Jesus, aumentando sempre de número, de modo que, ao entrar em Betsaida, era em mais de cinco mil pessoas e que já seguia Jesus há dois dias, e tinha fome.

- **Jesus, para onde iremos agora?** – Perguntou Pedro.

- **Para a Judéia.** – Respondeu Jesus.

- **Então, melhor despedir esta gente, pois não come há dois dias e o número sempre aumenta.** – Disse Pedro.

- **Ora, por que vocês não lhes dão de comer?** – Respondeu Jesus.

- **Como? Não temos que um pouco de pão e peixe.** – Respondeu Filipe.

- **Agora que testemunho damos à este povo se lhes mandamos para casa com fome, semelhante ao que fazem os sacerdotes?** – Disse Jesus.

- **E o que devemos fazer?** – Perguntou Pedro.

- **Pegue o barco e vá pescar mais peixe com Filipe e André, enquanto os demais vão a recolher todo o pão que esta gente tiver.** – Disse Jesus.

- **Impossível pescarmos peixe para toda essa gente, já pescamos ontem e os pescadores foram novamente hoje cedo, certamente não encontraremos peixe.** – Disse Pedro.

- **Agora, como vocês não possuem fé, venho com vocês.** – Disse Jesus.

- **Eu venho também.** – Eu lhes disse.

Desta forma, subimos no barco e entramos no mar de Tiberíades. Ao lançarmos as redes não encontrávamos peixe, e depois de havermos lançado por algumas vezes, Pedro começava a se irritar.

- **Eu disse que não acharíamos peixe. Agora não temos comida sequer para nós mesmos.** – Disse Pedro, irritado.

- **Você está sempre nervoso, Pedro.** – Disse Jesus, sorrindo, pois não conseguia se irritar, sempre que via o nervosismo de Pedro começava a sorrir.

- **Você rir porque não é você quem está com fome e ainda tem de pescar para toda aquela gente que nos observa admirada. Quero ver você rir quando voltarmos sem peixe, que explicação vai lhes dar.** – Dizia Pedro.

- **Você é o pescador, deve explicar você como um pescador, de uma família de pescadores, não consegue achar um peixe no mar.** – Disse Jesus, enquanto passava a mão na água do lado esquerdo do barco, irritando ainda mais a Pedro.

- **Ah, é assim?** – Gritava Pedro.

- **Acredito que os peixes fogem por causa de sua gritaria, Pedro. Você já provou lançar as redes deste lado do barco?** – Perguntou Jesus, se referindo ao lado esquerdo.

- **Este lado é voltado às margens do mar, ou seja, menos profundo, como poderia haver peixes deste lado? Você não entende de pescaria.** – Gritava Pedro.
- **Que mal lhe fará tentar deste lado?** – Perguntou Jesus.
- **Está certo, vamos tentar do seu jeito.** – Respondeu Pedro.

Pedro, então, lançou as redes com André e, quando tentou puxá-la de volta ao barco, precisou de toda nossa ajuda de tanto peixe que havia pescado.

- **Mas, é um milagre!** – Exclamou Pedro, colocando Jesus nos braços.
- **Pedro, como diziam meus pais, um milagre é algo inteiramente pessoal, só conhece quem o experimenta.** – Respondeu Jesus.

Ao voltarmos à praia, os demais haviam recolhido pão suficiente para todos, e os peixes que tínhamos pescado serviram para alimentar aquela multidão e ainda sobraram para o dia seguinte, quando ainda permanecia conosco um número aproximado de duas mil pessoas, que ainda comia daquele pão e daquele peixe em nossa companhia. Aquele foi um milagre extraordinário e por dois dias o pão e o peixe que havíamos parecia se multiplicar nos cestos.

A caminho de Betânia, Pedro, não entendendo bem a manifestação do perdão explicada por Jesus, porque havia ainda na mente muito daquilo que ensinavam os zelotes, foi se aconselhar com Jesus.

- **Jesus, queria te perguntar algo a respeito do perdão. Como é possível? Devo, por acaso, amar uma pessoa para perdoá-la o tanto que lamentou Lameque por haver matado Caim?** – Continuou Pedro.

- **Pedro, quando amamos verdadeiramente alguém, o amamos ainda mais quando se encontra em dificuldade, sequer fazemos um cálculo do quanto o temos perdoado. O amor não julga, mas aceita. Amar requer tempo e, por causa disto, devemos aprender a perdoar, pois é o perdão que nos ensina a amar. É ali, quando perdoamos, que aprendemos a compreender o outro, a aceitá-lo como é e amá-lo independente de quantas vezes erre.** – Explicou Jesus.

- **Isso é impossível!** – Retrucou Pedro.

- **Não. É difícil, mas não impossível, porém, eu jamais lhes disse que seria fácil.** – Respondeu Jesus.

- **Jesus, esse senhor veio ao nosso encontro pedindo que socorrêssemos o seu filho possesso de um espírito imundo e que vive escondido nesta região, nas proximidades de Gadara.** – Avisou Tiago.

- **Então, vamos até ele. O senhor sabe onde foi visto pela última vez?** – Disse Jesus.

- **Sim, posso levá-lo até ele.** – Respondeu o pai daquele endemoninhado.

Chegando nas proximidades de Gadara, aos pés das colinas que cercam aquela região, encontramos o endemoninhado que vivia entre os animais, perto de cemitérios, e que se assemelhava aos praticantes de necromancia. Ao nos ver, de longe, partiu em nossa direção tomado de ódio, em uma ferocidade assustadora.

- **Filho, sou eu, seu pai, pare.** – Adiantou-se o pai do endemoninhado, tomando a nossa frente.

- **Eu te ordeno que se sente.** – Disse Jesus, com a mão direita levantada, tomando a frente daquele ancião, e fazendo cair sentado o endemoninhado imediatamente.

- **O que tenho eu contigo? Eu sei quem você é, filho de José.** – Disse o endemoninhado, com a voz rouca, em um tom sarcástico.

- **Eu sei quem sou, mas a questão aqui é quem você pensa que é.** – Respondeu Jesus.

- **Já somos muitos, e nos chamamos legião, pois temos várias personalidades.** – Respondeu o possesso.

- **E eu agora ordeno que toda confusão se desfaça na sua mente e que você seja apenas o filho de seu pai.** – Disse Jesus com a mão direita ainda levantada, e imediatamente aquele jovem recobrou os sentidos e chamou por seu pai.

Os que viram tamanha manifestação de autoridade ficaram impressionados, enquanto nós, seus discípulos, restávamos admirados e nos sentíamos despreparados para tal ministério.

- **Isa, mas o que aconteceu agora? Ele era ou não possuído por demônios?** – Perguntei, ainda espantado.
- **Claro que era possesso.** – Retrucou Natanael.
- **Mas, o que você esta dizendo Mateus? Possesso? Ele era apenas perturbado.** – Disse Tomé.
- **Uns dizem que aquilo fosse uma possessão, outros que era apenas perturbado, assim como dizem que eu seja um falso profeta e enganador, e outros já estão me chamando de Cristo, e eu lhes pergunto: o que importa é o que acometia aquele jovem ou o fato de que agora esteja curado ou liberto?** – Salientou Jesus, silenciando a todos.
- **Meu amado Jesus, meu irmão se encontra muito debilitado.** – Interrompeu Maria, a respeito de Eleazaro.
- **Leve-me até ele.** – Pediu-lhe Jesus com a voz nitidamente preocupada.

Enquanto nos aproximávamos, de longe percebíamos os gemidos de Eleazaro e que a situação era nitidamente urgente. Jesus havia a face aflita, pálida, pois o carinho por Eleazaro era imenso desde pequenos, desde quando o recebia de visita na Pérsia.

- **A lepra está piorando, é por causa da proximidade com a umidade da Galiléia e o calor do deserto. Ele deve ir para casa repousar por três dias, e durante este período vocês devem fazê-lo tomar este medicamento, e trocarem diariamente as ataduras, penso que em três dias eu lhes alcanço.** – Explicou Jesus, despedindo Marta, Maria e Eleazaro na companhia de Bartolomeu, Tomé e Filipe.

- **Mas, Jesus, se não melhorará, as autoridades determinarão que seja sepulto, por causa da acusação de pecado diante de tal doença.** – Retrucou Marta.

- **Vocês o mantenham a casa e não permitam que seja sepulto até que eu chegue.** – Advertiu Jesus.

A fama de Jesus, porém, se espalhava, e muitos, não podendo participar do culto sabático porque eram discriminados pelos sacerdotes e doutores da lei, procuravam Jesus em busca de alívio, cura ou consolo. A multidão que nos seguia em Galiléia juntou-se à outra que nos esperava a Ennon, formada pela divulgação de Tomé, Bartolomeu e Filipe, mas Jesus estava extremamente preocupado com Eleazaro, a quem com carinho chamava de Lázaro, e era já atrasado de dois dias.

- **Mestre, enterram Eleazaro. Ele estava com febre alta, e não respondia mais a nenhuma terapia, parecia morto.** – Avisou Bartolomeu, ofegante.

- **Eu disse que me esperassem. Vamos até onde foi enterrado.** – Pediu-lhe Jesus.

Ao chegarmos ali, encontramos as irmãs Marta e Maria, juntamente com Maria, a mãe de Jesus, as quais se lamentavam diante do túmulo de família.

- **Filho, se você tivesse chegado em tempo...** – Lamentou-se Maria, mãe de Jesus.
- **Removam esta maldita pedra.** – Disse Jesus, soluçando em pranto, visivelmente transtornado.
- **Amado, faz quatro dias que o enterramos, não sabíamos o que fazer na sua ausência.** – Disse Maria, irmã de Eleazaro.
- **Ele não é morto.** – Respondeu Jesus.
- **Eu sei que um dia nos reencontraremos...** – Falou Marta.
- **Vocês deveriam apenas confiar em mim, pois se lhes havia dito de não o enterrar e esperar três dias e vocês permitiram que fosse enterrado no segundo dia, o medicamento que lhes dei não teve tempo de agir corretamente. Vocês cometeram um erro, não é morto. Removam aquela pedra, por favor.** – Respondeu Jesus, interrompendo Marta.

Enquanto removíamos a pedra, Jesus se agitava e caminhava de um lado a outro, chorando.

- **Lázaro, meu amigo e irmão, saia, eu sei que ainda pode ouvir minha voz.** – Disse Jesus em alta voz.

Imediatamente, para espanto de todos, Eleazaro saiu do sepulcro caminhando e em saúde. O levamos imediatamente para sua casa e lhe demos de comer, e lhe era como se nada tivesse acontecido, como se jamais tivesse adoecido. Permanecemos ali, em Betânia, a comemorar a repercussão deste milagre, que chegava já a incomodar os sacerdotes em Jerusalém. A festa dos tabernáculos havia apenas iniciado e, com o milagre de Eleazaro, Jesus não podia mais manter seu ministério distante de Jerusalém, e resolveu subir para a cidade santa e se fazer presente, realizando muitos milagres.

- **Perdoados estão os teus pecados, não tenha medo, a cura virá em sua vida.** – Anunciava Jesus aos doentes que se aglomeravam às portas de Jerusalém.

- **Quem é você para perdoar pecados?** – Questionou um fariseu de nome Raban.

- **Por que? É mais fácil curar as enfermidades? Vocês não fazem nem um, nem outro. Muito pelo contrário, se utilizam das palavras de Salomão em Eclesiastes e Sabedoria para justificar o sofrimento alheio com acusação de pecado e, assim, não se aproximam deles para curar ou aliviar suas almas do peso que carregam. Hipócritas. Raposas.** – Gritava-lhes Jesus.

- **Mestre, tudo o que eu gostaria era ver.** – Disse, se aproximando de Jesus, um homem que todos reputavam cego desde que nascera, e fôra abandonado pelos próprios pais ainda muito pequeno.

Depois de olhar bem em seus olhos, Jesus retirou algumas ervas do bolso, cuspiu sobre estas até formar um tipo de pasta com a argila, segundo ensinava a tradição judaica, e aplicou aquela pasta nos olhos do cego.

- **Agora, vá se lavar no poço do enviado.** – Disse-lhe Jesus.

Após lavar os olhos, aquele homem voltou completamente curado de sua cegueira.

- **Posso ver, posso ver!** – Dizia aquele homem, admirado e como se jamais tivesse enxergado na vida.

- **E agora, primo? Quem havia pecado segundo nossa tradição?** – Perguntou-lhe Mateus.

- **Mas, ele faz estas coisas com suas magias medicinais, possuído por satanás.** – Retrucou Nicodemos.

- **Vocês continuam usando as palavras de Salomão para justificar o sofrimento, e a figura do mal para explicar o que não compreendem. Pode o mal fazer o bem? Ora, uma árvore má dará sempre maus frutos, e uma árvore boa sempre bons frutos, pois não pode ser diversamente. O mal, que é apenas um agente necessário para a manifestação do bem neste mundo,** continua lhes servindo de acusação nos lábios. O que é fundamental aqui: que o cego possa ver ou que meus métodos lhes sejam puros? Certo que a visão restituída àquele homem é mais importante, porém, a vossa queixa não é por conta desta cura, pois vocês se preocupam apenas com vocês mesmos, sem qualquer compaixão pela gente que sofre. A questão aqui é que vocês não conseguem compreender mais a lei da maneira preconceituosa que interpretam, pois os discriminados pecadores agora são curados, demonstrando que suas enfermidades não são fruto nem dos seus pecados, nem dos pecados de seus pais. São apenas enfermidades. Hipócritas. – Disse Jesus.

- **Então, o que devo fazer para ser tão iluminado quanto você?** – Perguntou Nicodemos, em tom sarcástico.
- **No seu caso, só nascendo de novo. Purificando-se nas águas de João, e passando por um processo de metanoia**. – Disse-lhe Jesus, referindo-se ao batismo e fazendo-o escapar entre a multidão.

Os milagres e o conteúdo das mensagens de Jesus começavam a incomodar os sacerdotes e doutores da lei que passavam para o templo diariamente em ocasião da festa, e presenciavam a multidão que procurava em Jesus o alívio que aqueles líderes espirituais se negavam a dar.

O testemunho compartilhado por aqueles que recebiam de Jesus alívio para suas dores, os quais começavam a falar dele como o Messias, o prometido de Israel, incitava as autoridade a confrontarem Jesus publicamente.

- **Nós sabemos muito bem quem você é, filho de José. Seu pai morreu procurando evitar que sua mente distorcida começasse a pregar suas blasfêmias em Israel. José, sim, era um grande judeu.** – Disse Raban, atacando Jesus.

- **Judeu? O que esta palavra significa senão a pretensão de um povo achar-se melhor que todo o resto do mundo? Ora, os demais homens e mulheres não são, também, obras de nosso Deus? Os povos que vocês discriminam não são por acaso da mesma estirpe de Noé? Não são eles todos descendentes dos diluvianos? Os quais procuramos exterminar deste mundo desde a época de Josué apenas por causa de um pedaço de terra? Hipócritas. Estes povos que vocês discriminam são vossos primos e primas e, em nome de Deus, por mais de quatro mil anos vivemos uma disputa familiar, culpando Deus pelas tragédias e desgraças que nós mesmos procuramos. A verdade é que, em busca de uma falsa espiritualidade, sacrificamos a nossa humanidade, perdendo a empatia pelo próximo e a compaixão pelo necessitado, e seguramente é um**

comportamento que não apresenta qualquer sinal de compreensão da lei, pois não era Jonas profeta em Israel? Contudo, à quem foi enviado anunciar a vontade divina? Aos ninivitas, assírios inimigos de nossos pais e antepassados. Arrependei-vos. Por vossa causa Israel sofre até hoje, vocês nem alcançam a salvação eterna e nem permitem que alcancem aqueles que honestamente a buscam. – Gritava-lhes em face Jesus, ao céu aberto, as portas de Jerusalém, enquanto todo o povo se admirava de tais palavras.

- **Quem é você para nos dizer como interpretar a lei?** – Perguntou Caifás.

- **Eu sou o filho de um homem humilde, que por mais rico que fosse jamais mudou de vida, jamais alteou a voz, jamais o vi murmurar, resmungar ou maldizer. E vocês? Quando foi a última vez que ouviram a voz de Deus? Vocês se apegam à lei porque nosso Deus faz silêncio nesta terra contaminada pela vossa devassidão há mais de quatrocentos anos. João Batista, que vocês hoje respeitam por profeta, primeiramente foi chamado de endemoninhado porque vivia no deserto. Eu vivo em meio ao povo e, assim, vocês encontraram um outro para acusarem de possessão, quando vocês não podem sequer se libertar e são todos escravos da ganância e do dinheiro. Um covil de víboras, e lhes advirto que vocês não podem servir dois senhores.** – Repreendeu-os Jesus.

- **É a nossa tradição que afirma que estas pessoas, pelas quais você nutre compaixão, se encontram possessas.** – Disse Gamaliel, que a tudo ouvia com imparcialidade.

- **Elas se encontram enfermas. Aquilo que vocês não conseguem explicar não é obrigatoriamente uma maldição espiritual, é apenas ignorância. Ora, a mesma tradição que ensina que estas pessoas são malditas ou possessas, nos ensina a não fazermos acepção de pessoas, a sermos caridosos, a socorrermos o desamparado e até o estrangeiro, ou não é Ezequiel quem nos orienta a salvarmos aquele se perde, nos fazendo responsáveis por seu sangue? A fé não é a manifestação do sobrenatural, mas de um inesperado gesto de força, quando temos a coragem de contaminar nosso zelo religioso para nos apiedarmos de nossos irmãos e irmãs que sofrem na dor e na miséria. Fé é a decisão de prosseguir mesmo quando o coração quer desistir. É um pai que perde o seu filho e, não esperando o seu retorno, encontra a coragem de viver com a sua ausência. A fé é a coragem de amar, e sobretudo amar aqueles que nos fizeram mal, aqueles que não nos souberam amar, que nos abandonaram, pois é preciso muito mais força de vontade para perdoar do que para se vingar. Isto é ter fé, confiar que a provação é apenas um meio para a edificação.** – Respondeu Jesus, silenciando a todos, e fazendo cada qual seguir a própria estrada.

- **Mas não existe nada de sobrenatural nisto.** – Retrucou Gamaliel.

- **Um milagre vai além de um fenômeno extraordinário, pois um milagre é apenas algo que não conseguimos ainda explicar.** – Ensinava Jesus.

- **Como é possível?** – Questionou Tomé.

- **Procuramos sempre um milagre fora do homem, pois, na verdade, o que desejamos é apenas um sinal da existência de Deus. Os maiores milagres, porém, acontecem dentro do homem, e são ainda assim invisíveis aos olhos, mas sensíveis ao coração.** – Explicou Jesus.

- **Como assim?** – Indagou Pedro.

- **Quando qualquer um de nós abraça uma decisão que é contrária aos princípios vingativos aos quais estamos habituados, este é um verdadeiro milagre. Quando perdoamos ao invés de agredir, quando nos reconciliamos ao invés de nos intrigarmos, enfim, estes gestos contrariam a própria natureza humana, e só podem ser milagres, intervenções divinas que acontecem não fora do homem, mas no seu próprio coração. Quando isto acontece, sentimos uma vibração que se espalha pelo ar, uma onda de sensibilidade que quebra o padrão destrutivo ao qual estamos habituados. Um pedido de perdão quebra qualquer espada. Um abraço destrói qualquer trauma.** – Disse Jesus.

Os discursos de Jesus eram tocantes, como se ele falasse a língua de seus corações, compreendesse suas necessidades, e estava sempre pronto a ajudar-lhes inteiramente. Das doações nada sobrava e todos vivíamos com humildade, segundo os conselhos de Jesus, não acumulando riquezas. Eu, responsável pelas finanças, havia economizado o suficiente para comprar um terreno e, no lugar de permanecer com tanto dinheiro, secretamente investi trinta moedas de prata na propriedade de um casal que nos seguia, Ananias e Safira, pensando de, se o ministério crescer além de nossas perspectivas, termos um lugar para nos reunirmos no futuro e ampararmos os necessitados. Todavia, os confrontos de Jesus com os sábios e religiosos se tornavam sempre mais constantes, ameaçando a pacífica liberdade com a qual Jesus havia iniciado a ensinar.

- **Você não tem direito algum de reinterpretar a lei e o modo com o qual nossos pais nos ensinaram a vivê-la.**
– Gritava Boncortassitis.
- **A lei não lhes pertence, pois é a manifestação divina aos homens e, portanto, pode ser lida, relida, interpretada e reinterpretada, por qualquer pessoa que tenha interesse em conhecer a Deus, pois é um bem que nos foi dado para ser compartilhado. –** Explicava Jesus.

- A lei foi dada à Moisés e dele ao povo de Israel. Por que deveríamos dividi-la com os demais povos? É uma nossa revelação. – Dizia Caifás.

- Mas, o que vocês são? Crianças cegas? Pode um cego guiar outro? Vocês não possuem temor à Deus? Usam da lei e das interpretações antigas para justificarem os intentos homicidas em seus corações. Hipócritas. Vocês não utilizam as antigas interpretações porque creem nelas, mas porque lhes é útil para esconder a incredulidade e a rebeldia de seus corações. Olhem a entrada do templo de Deus, da casa na qual, com orações, deveríamos encontrá-lo. O que existe ali? Um grande mercado para aqueles que não dedicam tempo para separar e escolher o melhor do que fazem à Deus, possam, assim, comprar de última hora. Hipócritas, mercenários. Malditos. Se vocês não creem nestas coisas, por que não procuram outra atividade? Por que não vão trabalhar em outros ofícios? Eu lhes digo o porquê: porque lhes é conveniente chegar ao templo e dizer que estão salvos por serem descendentes de Abraão, quando estão podres por dentro. Hipócritas. A lei não é um mecanismo para a própria salvação, mas para anunciar a salvação àqueles que não conhecem a lei. Serpentes. – Gritava Jesus, extremamente nervoso.

- A lei nos é útil individualmente, e não coletivamente. – Procurava explicar Gamaliel.

- A lei é um princípio de ensino para que o povo possa andar na luz. Moisés, por exemplo, se sentava da manhã até a noite para ensinar ao povo o conteúdo desta lei. Ora, se vocês, que atualmente ocupam o lugar de Moisés, não conseguem conduzir um perdido para a reta via, que lei é esta que ensinam, de que justiça estamos falando? Nenhuma. É impossível que vocês usem da lei para não socorrer um enfermo nos sábados, mas não usem deste mesmo pseudomoralismo quando uma de suas ovelhas se perde ou é atacada durante o sábado. Uma pessoa não pode ser menos importante que uma ovelha. E se vocês evitam a caridade justificando tamanha indiferença no fato de que mais e mais pessoas lhes procurarão, agora a caridade que fazem não é caridade, mas vaidade. Ajudam os necessitados através de uma falsidade mascarada, quando na verdade não tinham interesse de ajudar a ninguém, pois querem os favores de Deus apenas para vocês mesmos, quando a benção que Deus deu ao nosso pai Abraão iniciava nele para dele alcançar o mundo inteiro, todas as nações. – Atacava Jesus.

O ódio se acumulava no coração de Caifás por ter sido envergonhado em público, e as vozes de que planejavam matar Jesus se espalhavam.

Os líderes do sinédrio procuravam qualquer motivo para prenderem e condenarem Jesus, e encontraram uma via na pessoa que ele mais amava. A mais próxima a Jesus era Maria, irmã de Eleazaro e Marta, que o havia lavado com unguento, comumente chamada de pecadora devido ao seu estreito relacionamento com Jesus, e por causa de um casamento não consumado do qual havia herdado os bens do noivo prometido, um jovem rico muito zeloso que morrera de causa desconhecida e era natural de Tarichea, que em aramaico significa Magdala. Por causa disto, Maria era, também, comumente chamada de Magdalena ou Madalena.

- **Mestre, já estão comentando de seu relacionamento com a viúva.** – Advertia Bartolomeu.
- **Precisamos organizar a cerimônia de casamento.** – Disse Jesus.

Nos dias que se seguiram organizamos o evento matrimonial, e a festa teve início ainda durante tabernáculos. Quando os representantes do sinédrio souberam que todos nos encontrávamos no cenáculo festejando, vieram ao encontro de Jesus furiosos.

- **Jesus, uma multidão se aproxima, disposta a apedrejar-te junto à Madalena.** – Dizia Simão, irmão de Jesus.
- **Deixe que entrem.** – Respondeu-lhe Jesus.

Enquanto a multidão entrava e se dirigia com fúria em direção de Madalena, Jesus lentamente se abaixava na areia, e escrevia.

- **Ali, estão ali.** – Gritava alguém da mesma multidão que dias antes havia comido do pão e do peixe que distribuímos.

- **Vocês são acusados de prostituição e a sentença é apedrejamento segundo a lei de Moisés.** – Gritou Mordogin.

- **Por qual violação da lei?** – Perguntou Jesus, ainda abaixado na areia.

- **Maria de Betânia era prometida em casamento, Levítico 20:10, Deuteronômio 22:23, escolha você.** – Continuou Mordogin.

- **E seu prometido marido veio a falecer antes de consumar as núpcias. Ora, morto o marido, é livre a esposa.** – Respondeu Jesus.

- **O que, segundo a tradição, deveria ser entregue ao irmão de seu falecido marido, pois mesmo não consumado o casamento, ela recebeu a herança com a qual sustenta seu ministério.** – Retrucou Caifás, que se achegava para observar o problema.

- **A tradição entre famílias não se encontra na lei de Moisés, se tratando apenas de acordos familiares. Portanto, nenhuma lei foi violada. Os bens que essa mulher herdou lhe foram dados livremente pela**

família como parte do acordo nupcial, não sendo culpa sua se o noivo veio a falecer. – Disse Jesus enquanto escrevia na areia.

- **Porém, vossa amizade é bem íntima.** – Ironizou Caifás.

- **O seu pai é primo de minha mãe, somos amigos por toda a vida, e o que vocês podem dizer contra? Entre nós existe ainda um laço sanguíneo.** – Respondeu Jesus.

- **Mas, que coisa escreve? Por que não nos fala olhando nos olhos?** – Questionava Caifás sem saber como responder à Jesus, enquanto a multidão vagarosamente se retirava.

- **Porque vocês estão interrompendo com falsos pretextos o meu matrimônio.** – Disse Jesus, se levantando e permitindo à todos observarem na areia as palavras "o que Deus uniu, não separe o homem", escritas com os pedaços dos vidros das taças quebradas.

Daquele dia, deixaram de importunar Jesus, pois não tinham do que acusá-lo. Concluídas as festividades, regressamos à Betânia, e enquanto eu estava na cozinha da casa de Madalena, um dos servos de meu pai me observava na escuridão do deserto, escondido atrás de uma árvore de palma. De fato, quando sai ao seu encontro, não me assustei em ver meu próprio pai que me esperava. Eu sabia que nosso reencontro era inevitável.

- **Giuda, meu filho, tudo bem?** - Disse meu pai.

- **Sim.** – Respondi secamente.

- **Eu vim porque é momento de tomar qualquer iniciativa a respeito, o ministério de Jesus está muito grande e não existe momento mais oportuno. Jesus precisa morrer.** - Disse-me Gaspar.

- **O que quer dizer com isso? Eu devo agora matá-lo? Você me disse que eu deveria ser o irmão mais velho dele, e agora devo ser responsável por seu sangue? Pelo sangue de meu próprio irmão?** – Perguntei indignado.

- **Ele não é seu irmão, Giuda. É apenas uma sua responsabilidade.** – Disse-me Gaspar.

- **E o que eu faço? Eu não sou capaz de matá-lo.** – Respondi.

- **Eu estou aqui há dois dias apenas Giuda, observando secretamente vossas reuniões, e em dois dias percebi que o sinédrio o odeia, pois está envergonhando publicamente os ensinamentos transmitidos por fariseus, publicanos e saduceus, e eles não o suportam mais. Já que você não é capaz de matá-lo, pode proporcionar o ambiente para que outros o façam, mesmo porque a sua morte deve ser um acontecimento público.** – Respondeu-me Gaspar.

- **Ainda assim eu não sou capaz. Ele tem razão em tudo quanto diz e possui uma compaixão que jamais vi em nenhum outro ser humano.** – Respondi.

- **Eu sei. Contudo, não será jamais rei ou aceito no sinédrio como um líder religioso. Cresceu em meio ao povo e não dentro da hipocrisia religiosa de Israel. Você sabia que já tramam para matá-lo desde a cura que realizou em Lázaro?** – Perguntou Gaspar.

- **Sim.** – Respondi.

- **Então, é algo que não podemos evitar, mas que se acontecer da maneira errada ou no momento errado, toda a obra de Jesus será vã.** – Disse Gaspar.

- **Ainda assim sou incapaz. Faça você mesmo se quer que ele morra.** – Respondi.

- **Agora, Giuda, se é assim, vou cortar a ajuda financeira que lhe envio mensalmente.** – Atacou-me friamente Gaspar.

- **Mas, eu vivo de aluguel aqui, habito na casa de serviço no terreno de Ana. Como faço para comer e pagar minhas despesas?** – Perguntei aflito, muito mais porque havia planejado em repor o dinheiro investido no terreno com a ajuda financeira de meus pais.

- **Este não é mais problema meu. Você tinha uma missão à qual está renunciando.** – Respondeu Gaspar enquanto desaparecia no escuro do deserto.

Regressei para a casa de Madalena empalidecido, perdido e sem saber como resolver meus problemas. Eu sabia que era, contudo, incapaz de trair Isa.

Jesus, porém, já sabia que as autoridades o perseguiam, por isso não fazia mais seus sermões separado da multidão, mas próprio no meio dela, para se confundir entre as pessoas. Enquanto alcançávamos o território de Samaria, as palavras de meu pai se repetiam em minha cabeça e eu percebia em Jesus um modo de me olhar suspeito. Era como se eu não conseguisse esconder o que meu pai me havia dito, de fato, quase nada se escondia de seus olhos.

- **Eu me aproximei de vocês inicialmente por razões familiares, mas vocês não me aceitaram, eu que os aceitei como meus discípulos**. – Disse Jesus.

- **E com isso, o que você quer nos dizer?** – Perguntou Pedro.

- **Que um de vocês deverá me trair como está profetizado e, porque já estava profetizado, é tudo como deveria ser.** – Respondeu Jesus, e aquelas palavras me emudeceram, me petrificaram e me destruíram.

- **Por que? Espero que não seja eu. Devo fazer eu? Quero dizer, um de nós deverá decidir ser aquele que te trairá para que se cumpram as profecias?** – Perguntava Pedro.

- **Quem deve me trair já sabe o que deve ser feito e sabe que é o meu acusador.** – Disse Jesus, utilizando o termo diabo para significar acusador, enquanto se voltava para Pedro.

- **Pedro, você gosta de mim?** – Perguntou Jesus.

- **Claro, por isso te digo que jamais serei aquele que irá te entregar ou trair.** – Respondeu ele.

- **Pedro, você se sente como meu irmão?** – Insistiu Jesus.

- **Claro, já respondi que sim. Por que?** – Retrucou Pedro.

- **Você me ama? Do modo como tenho te amado, ao ponto de escolher morrer no teu lugar?** – Definiu Jesus.

- **Jesus, você sabe que te quero bem como um irmão.** – Respondeu Pedro, com as lágrimas escorrendo pelo rosto, enquanto se jogava no chão abraçando as pernas de Jesus.

- **E é, portanto, que te digo que infelizmente de certa maneira você vai me trair, negando a fé com a qual hoje eu me sacrifico por todos, pois você ainda não está pronto. Você não irá me entregar às autoridades, não penso que seja forte o suficiente para entender que devemos terminar aquilo que começamos. Todavia, certamente um dia você dará continuidade àquilo que iniciamos como uma brincadeira as margens de Tiberíades.** – Disse-lhe Jesus, se referindo ao ministério que havia iniciado quando eram ainda crianças, enquanto se abaixava para enxugar-lhe as lágrimas e abraçá-lo.

Eu, porém, saía dali consciente de quem eu era.

Para piorar minha situação, o dinheiro que eu havia utilizado começava a se fazer necessário e, sem o suporte financeiro de meus pais, eu não tinha mais como cobrir nossas despesas. Perdido, sem saber como confessar à Jesus o que havia feito, fui ao templo pedir ajuda.

- **Boa tarde! Eu queria saber se das doações e dos impostos deixados no templo existiria a possibilidade de ajudar uma pessoa aflita?** – Perguntei à Raban.
- **É melhor que você pergunte à qualquer outro membro do sinédrio.** – Respondeu Abiatar.
- **Boa tarde, alguém poderia me dar qualquer informação?** – Perguntei um pouco tímido.
- **Em que lhe posso ser útil?** – respondeu-me Mordogin.
- **Eu tenho trabalho e meus pais são ricos, mas não estou conseguindo prover meu sustento aqui em Israel e gostaria de saber se vocês concedem qualquer ajuda financeira das doações que recebem?** – Perguntei.
- **Você é um dos discípulos do nazareno, justo?** – Perguntou Caifás que se aproximava.
- **Sim.** – Respondi.
- **Pensava que o suporte de Madalena, Susana e Joana fosse suficiente. De quanto vocês precisam?** – Perguntou Caifás, ironizando.
- **De trinta moedas de prata.** – Respondi.
- **Um momento.** – Respondeu Caifás.

Todos se retiraram por um momento e, dentro da sala de reunião, comentavam qualquer coisa entre eles mesmos. Passada meia hora, voltaram com um saco e as moedas de prata.

- **Decidimos de ajudá-los nesta missão que estão desenvolvendo.** – Falou Mordogin tornando da sala de reunião.

- **Porém, se trata de um empréstimo e no futuro precisaremos que nos seja restituído de algum modo.** – Disse Caifás.

- **Com certeza, compreendo e agradeço a ajuda que nos deram.** – Respondi, me retirando.

- **Você sabe que é bem melhor que um morra pelo povo, que todo o povo morra, não sabe?** – Disse Gamaliel.

- **O que sei é que um irmão é incapaz de aceitar a morte do outro.** – Eu lhe disse, em tom de advertência e de modo decisivo.

No caminho de retorno eu tinha aquele pressentimento de que me havia envolvido em algo que impossível de resolver. Os dias se passavam rapidamente e nos aproximávamos da páscoa. O ministério de Jesus crescia exponencialmente, as multidões o seguiam por toda a Judéia, Samaria e Galiléia, mas era ainda muito difícil de haver apoio em Jerusalém, por conta das vozes que o acusavam de falso profetismo e magia.

Por causa dessa estranha sensação, na estrada de retorno eu me havia decidido em não tocar naquelas moedas de prata, usando os poucos recursos que me restavam.

- **Giuda, desde cedo te procurava. Onde você estava?** – Perguntou-me Filipe.

- **Resolvendo algumas coisas pessoais, por que? Aconteceu alguma coisa?** – Perguntei.

- **É que você deve fazer as compras, nos faltam frutas e vinho.** – Respondeu Filipe.

- **Certo, me organizo agora e vou ao mercado.** – Respondi.

Eu havia pouco dinheiro, o bastante para uns poucos dias, mas confiava e esperava que alguma doação ou ajuda nos fosse entregue. A situação era muito delicada e a opinião contraditória em torno de Jesus o havia feito ser recebido com honras na festa de ramos, porém, a multidão que o havia acolhido como messias, começava a ser influenciada pelas calúnias dos líderes religiosos, e isso era visível na entrada de doações, que diminuía consideravelmente. Eu deveria fazer as compras para a tradicional ceia pascoal, e esperava de poder comprar o bastante para todos que se achavam no cenáculo.

- **Madalena, eu trouxe as compras.** – Disse-lhe.

- **Tão pouco, Judas? O que houve?** – Perguntou-me.

- **Eu comprei o que pude com o dinheiro que tinha, e prefiro meu nome na forma hebraica, ao invés da grega.** – Respondi, me retirando para evitar novas discussões.

- **Calma, Giuda. É que este alimento é para a ceia pascoal de amanhã e, desta forma, penso seja mais prudente fazê-la entre nós mesmos apenas, sem convidados.** – Disse-me Maria, mãe de Jesus.

- **Mãezinha, comprei o que pude. Talvez seja mesmo mais prudente começarmos a realizar festas entre nós mesmos, pois as calúnias dos membros do sinédrio já se espalharam por entre o povo, e não recebemos mais as mesmas doações que recebíamos.** – Procurei explicar à mãe de Jesus.

- **Então, Madalena, faremos o possível com aquilo que temos.** – Disse Maria.

No dia seguinte, antes da ceia de Páscoa, fora, na entrada do cenáculo, Jesus falava aos presentes.

- **Vocês não devem se admirar se por minha causa forem também perseguidos. O ódio que hoje têm contra mim, se voltará contra vocês que me foram leais. Mas, todo ódio é resultado de medo. Sejam, pois, misericordiosos.** – Explicava-nos Jesus.

- **Estamos prontos, meu mestre amado.** – Respondeu João, seu irmão.

- **De fato e em verdade, vocês não estão prontos, pois ainda não receberam o consolador.** – Disse Jesus.

- **O consolador?** – Perguntou Tomé.

- **O Espírito da Verdade, que é a mensagem que tenho anunciado, ou seja, o amor ao próximo. Quando os seus corações estiverem livres de todo rancor, mágoa ou ódio, se perceberão irmãos uns dos outros, e o verdadeiro amor se sacrifica pelo bem do próprio irmão. Este Espírito lhes fará uma só coisa, um só corpo, com um só propósito e, quando isto acontecer, vocês serão inquebrantáveis, pois mesmo que lhes tirem a vida, esta lhes será tirada por um bem maior, por razões que vão além do dinheiro, da ganância e da avareza.** – Dizia Jesus, enquanto entrávamos para celebrar a Páscoa.

- **É o que mais queremos, contudo, as pessoas são extremamente difíceis e o sofrimento as têm transformado consideravelmente.** – Explicava Simão.

- **O sofrimento nos transforma a todos, Simão, porém, não deve jamais servir de justificativa para que façamos o mal aos nossos semelhantes. Vocês devem conservar em paz seus corações, independente do que me aconteça, e jamais alimentar o desejo de vingança, pois eu estou apenas preparando a estrada, abrindo os horizontes para que possamos todos nos reconciliarmos com nosso verdadeiro e único Pai, nosso Senhor e Deus.** – Disse Jesus.

- **Mas, por que dizes estas palavras? Deve mesmo ser assim?** – Perguntou Pedro.

- **Você não deve deixar que a dúvida assombre seu coração, Pedro, pois é um instrumento de Satanás contra a fé.** – Advertiu Jesus querendo designar com a expressão Satanás todo e qualquer sentimento de inimizade ou de oposição ao bem altruísta, ao amor ao próximo.

- **Mostra-nos, então, este caminho, Jesus.** – Pediu Filipe.

- **Filipe, eu tenho sido este caminho, esta verdade, o percurso da vida eterna, pois é no amor que resolvemos todos os nossos conflitos e encontramos a Deus, pois ele é como um pai que tem quatro filhos, e cada um destes filhos, evidentemente, possui temperamento diverso do outro, porém, esse pai ama a todos os quatro filhos igualmente, de modo que é incapaz de agir com severidade contra qualquer um deles, tardando sempre a sua justiça para que seus filhos tenham a oportunidade de encontrar o caminho certo a trilhar. Ora, quando nos percebemos filhos de um mesmo pai, irmãos entre nós mesmos, nossos corações estão no Pai, e o Pai se encontra em nós, ou seja, na nossa maneira de compartilhar o amor que dele recebemos. Permanecer nesta unidade fortalece o propósito pelo qual vivemos e, se vocês conseguirem ser apenas um, este sentimento será transmitido aos demais através de tal exemplo.** – Falou Jesus.

- **Como as pessoas podem seguir nosso exemplo se vivem debaixo de uma realidade e de um modelo tão diferente daquele que você nos tem apresentado?** – Perguntou Mateus.

- **O único dualismo que existe é aquele de luz e trevas, e de santo e profano, ou seja, da existência ambígua e complementares do bem e do mal, que não se representam em entidades, mas em comportamentos e ações que determinam qual das duas influencia mais nosso caráter. As pessoas hoje vivem debaixo dos ditames do mundo, o qual justifica a própria indiferença e maldade na aparência de boas ações. Quando vocês forem um, no sentido de viverem o propósito pelo qual hoje me sacrifico, serão sempre o contraste com a presença do mal neste mundo, e a luz brilha na escuridão, é impossível de esconder. Todos verão e seguirão, pois a luz não apenas brilha nas trevas, mas faz aparecer o caminho que se deve seguir quando tudo é breu.** – Explicou Jesus enquanto ele mesmo limpava nossos pés, fazendo a obrigação que tínhamos atribuído à Pedro neste dia.

- **Meu Senhor, por que faz aquilo que eu deveria fazer?** – Pergunto Pedro.

- **Porque não se aprende a amar sem primeiro aprender a servir, Pedro. Não chore ou se preocupe, apenas se lembre do quanto tenho lhe amado.** – Disse Jesus à Pedro, enquanto ele chorava compulsivamente.

Aquela cena e aquelas palavras me comoviam, e ao mesmo tempo me enchiam de raiva pelo que eu havia feito, pela escolha que eu deveria ainda abraçar, pelas palavras de meu pai, por aquilo que me disseram os fariseus. Eu me sentia como se todos me olhassem com desconfiança. Na mesa, enquanto jantávamos, Madalena, como sempre, iniciou a discussão.

- **Jesus, você tem percebido que as doações praticamente evaporam, não são mais suficientes como anteriormente?** – Disse Madalena.

- **Não poderia ser diversamente quando se desperdiça unguento para lavar os pés, doa o alimento que se recebe, pagando impostos, enfim, o que você esperava Madalena?** – Intervim para não ser responsabilizado de nada.

- **Giuda, de todo jeito deveria ter dinheiro em caixa. E segundo você mesmo o dinheiro que tinha muito mal comprou o alimento da ceia pascoal.** – Retrucou Marta.

- **Vocês precisam verificar, pois isto é um sinal de que alguém nos está enganando.** – Jesus falou, interrompendo a discussão.

- **Como? Você está nos acusando de traição? Está me acusando?** – Perguntou Pedro.

- **Pedro, você sempre reage emotivamente. Eu estou dizendo que alguém nos está traindo nas economias.** – Respondeu Jesus.

- **E quem?** – Continuou Pedro.

- **Só pode ser aquele que comigo banha o pão no mel.** – Respondeu Jesus, se referindo à mim, que no mesmo momento molhava o pão na tigela de mel, pois, afinal, eu era o responsável pelas finanças do ministério.

As lágrimas começaram a me escorrer pela face. Eu não tinha nem como esconder meu pecado e nem minha culpa. Retirei-me correndo, enquanto Jesus me chamava querendo dizer-me alguma coisa mais.

- **Giuda, tudo tem sua solução. Giuda?** – Gritava Jesus.

- **Não quero ouvir mais nada, me deixe ir.** – O ignorei, por puro orgulho.

Naquela fatídica noite eu me dirigi ao sinédrio como se o corpo fosse conduzido até lá. Na mente eu pensava que era o melhor, no coração eu sabia que era o pior, o corpo não me obedecia porque nem eu sabia exatamente o que escolher. Eu estava magoado com Jesus por me haver exposto publicamente, contudo eu não sabia como contornar a situação.

- **Giuda, o que faz aqui a essa hora?** – Perguntou-me Caifás.

- **Vim participar da festividade que vocês celebram.** – Respondi.

- **Entre, sente-se conosco.** – Falou-me Caifás.

Apressadamente escolhi um lugar e me sentei perto de Gamaliel. As lágrimas ainda me escapavam, porém eu disfarçava pronunciando algumas orações.

- **O que está lhe preocupando, Giuda?** – Perguntou-me Gamaliel.

- **Nada, ou ao menos não existe nada que você possa fazer.** – Respondi.

- **Para todo e qualquer problema existe sempre uma solução.** - Retrucou Gamaliel.

- **Eu não sei como resolver o problema do dinheiro. Não me utilizei daquele que peguei emprestado com vocês, pois, de qualquer maneira irá sempre nos faltar, inclusive aquele de lhes restituir.** – Expliquei.

- **Existe uma solução para isso, Giuda.** – Avisou-me Caifás.

- **E qual seria?** – Perguntei.

- **Basta que você nos entregue o nazareno, e perdoamos a dívida.** – Disse Caifás.

- **Como é? Como se atreve a me fazer tal pedido?** – Perguntei indignado.

- **Giuda, eu lhe disse da ultima vez que é melhor a morte de um, que a morte de todos.** – Dizia Gamaliel.

- **A morte é uma coisa melhor? Onde está escrita tal coisa? Nos seus malditos ensinamentos? Nas interpretações da lei mosaica?** – Perguntei.

- **Giuda, é melhor que qualquer outro seja o diabo do que você.** – Respondeu Caifás.

- **Querem que eu o entregue? E vocês não sabem quem ele é? Não vivia por acaso ensinando aqui dentro, dentro destes muros, e vocês o rejeitaram?** – Repliquei.

- **Claro que sabemos, porém, os guardas não o conhecem e não podemos ir ao seu encontro.** – Disse-me Caifás.

- **E por que eu deveria fazer? Ele me acolheu e me encontrou quando nenhum de vocês hipócritas havia sequer percebido que eu me achava perdido. Eu o ensinei a caminhar, lhe dei de comer, o observava quando minha mãe era ocupada. Vocês estão loucos?** – Questionei aos gritos.

- **Você deve fazer simplesmente porque nós cobrimos as suas dívidas, assim como você nos pediu.** – Respondeu-me ironicamente Abiatar.

- **Mas vocês não podem me dizer isso sinceramente, próprio vocês, sacerdotes!? O que é isso? Uma brincadeira? Um teste?** – Indaguei.

- **Giuda, é o momento perfeito. As milícias estão prontas e se Roma comete um erro, podemos reivindicar a nossa autonomia. Ao menos iremos viver sem a presença deles em nossas terras. Veja o que nos fizeram em Samaria? Não existe mais ali uma só linhagem pura. A condenação de um inocente é uma ocasião para a revolta do povo. Não foi esse o proposito de Jesus desde o começo?** – Disse-me Gamaliel.

- **Não. Claro que não. Jesus deseja que transformemos uns aos outros pelo auto sacrifício e não pela vingança ou pelo sangue. Gamaliel, você realmente acredita que é isso que pretende Caifás? E se Pilatos não se responsabilizar pelo assassinato dele, deixando a culpa cair na multidão. É páscoa, não creio que você seja tão inocente para acreditar nessa estória.** – Respondi.

- **O que é a Páscoa senão um sacrifício expiatório, Giuda? Quem é o inocente aqui: você ou eu?** – Disse Gamaliel.

- **A questão é simples, você se endividou porque roubava seu próprio mestre para pagar uma propriedade e não se sabe mais o que. Nós cobrimos o seu débito, então, ou você nos entrega o nazareno, ou nós iremos até ele dizer o que você fez.** – Disse Caifás.

Ao ouvir tais palavras, levantei-me e saí atormentado, sem saber sequer o que pensar, sem mais qualquer auto respeito. Eu me sentia como se fosse abraçado pelo vazio e voltei a reviver a sensação daquele dia sentado nas colinas da Galiléia, ouvindo aquele sermão. Acontecia comigo o que ele havia ensinado, que nem sempre a palavra de salvação fica onde é semeada e, para não me encontrar culpado, eu imaginava planos que antes me eram impensáveis.

No caminho de retorno ao cenáculo percebi que era seguido por dois guardas do templo. Eu já não me importava mais, queria apenas me livrar daquele pesadelo, retomar à paz que até poucos dias me envolvia.

- **O que vocês querem?** – Perguntei à um dos guardas, segurando-o pelo braço após me haver escondido atrás de um muro apenas virando a esquina.

- **Recebemos a ordem de lhe seguir para prendermos o nazareno assim que você o encontrar.** – Respondeu Malco.

- **Eu não o entregarei.** – Respondi.

- **Neste caso, a ordem é de levar você no lugar dele, pois você usou do dinheiro do templo e não restituiu.** – Ele me disse.

A situação era mais terrível do que se podia considerar.

- **O que vocês lhe farão?** – Perguntei, pensando que poderia entregá-lo e durante o processo de acusação, no qual nunca encontrariam nada do que o acusar, eu poderia me explicar diante de todos os membros do sinédrio e do templo, e restituir as moedas.

- **A ordem é apenas de prendê-lo e interrogá-lo, nada mais. Tem a minha palavra.** – Disse-me Malco.

- **Sendo assim, e se tenho sua palavra que não lhe farão mal algum, lhes levo até ele.** – Respondi.

Ao chegarmos, o cenáculo estava quase vazio. Apenas Maria, mãe de Jesus, Madalena e Marta, acompanhadas de Joana e Susana, e Porfirea, esposa de Pedro, organizavam o lugar onde havíamos comido.

- **Onde estão todos os outros?** – Perguntei.

- **Acompanharam Jesus ao Monte das Oliveiras para um período de orações.** – Respondeu-me Porfirea.

Logo, nos dirigimos ao Monte das Oliveiras, mas era noite funda, assim, avisei aos guardas que Jesus seria aquele a quem eu beijasse, para que pudessem reconhecê-lo ao chegarmos ali. Quando chegamos a Getsêmani, vimos as tochas e os demais discípulos que dormiam por causa da comida e do vinho. Um pouco mais adiante, ajoelhado e balbuciando alguma oração, vi Jesus que clamava chorando, e me aproximei.

- **Isa, por que você está chorando? O que houve?** – Disse, abraçando-o e beijando-lhe a face.

- **Jesus, ele veio com dois guardas.** – Gritou Pedro.

- **Giuda, com um beijo, da mesma forma que me você me devolveu à minha mãe, me trai hoje? Eu sabia que você nos roubava, pois quando os soldados vieram nos cobrar os impostos na casa de Pedro, eu percebi que você não tinha pago a nossa quota, porém, preferi o silêncio crendo que você me explicaria tudo. Mas, hoje você foi muito além.** – Disse-me Jesus.

- **Isa, perdoe-me. Eu tive medo de lhe dizer a verdade e daquilo que você iria pensar a meu respeito.** – Respondi aos prantos, ajoelhado aos seus pés.

- **Giuda, eu expliquei várias vezes que não iniciei esse ministério para ser outro qualquer que se acha no direito de julgar o mundo, mas com o desejo de salvá-lo**. – Respondeu-me Jesus.

- **Senhor, eu já havia retirado trinta moedas. Eu não tive como repor, esperava que houvessem novas doações, mas de repente não tínhamos mais entradas.** – Expliquei envergonhado.

- **E por trinta moedas você me vende?. Isso é tudo aquilo que valho para você? Trinta moedas?** – Perguntou-me Jesus.

- **Isa, eu fui ao templo pedir ajuda, e não vendê-lo. Eles me disseram que eu deveria restituir, e me cobraram de entregá-lo ou viriam publicamente me expor. Eles não encontrarão nada do que te acusar, Isa.** – Respondi.

- **Eu não te abandonaria nem por trinta, nem por trezentas, nem por qualquer quantia que exigisse de mim que te abandonasse, pois para mim você não tem preço. Esta é a única dor que hoje carrego, mas é tudo como deveria ser, e você não deve se culpar. Algo deveria acontecer para que este momento fosse oportuno, ou nenhum de vocês jamais me trairia.** – Respondeu-me Jesus enquanto os guardas o algemavam.

- **Isa, eu pensava de repor as moedas com a ajuda de meus pais, porém, meu pai, Gaspar, havia me pedido...** – Não consegui terminar a frase, pois Jesus me interrompeu.

- **Eu sei, Giuda. Os Magi estão presentes desde meu nascimento, eu sabia que usariam qualquer artifício ou pediriam à alguém que a profecia fosse cumprida. A única questão aqui é que eu preferiria que um deles tivesse me traído em seu lugar.** – Respondeu-me, destruindo-me completamente.

Pedro, vendo a situação, desembainhou a espada que não usava desde que abandonara os zelotes para unir-se à causa de Jesus.

- **Eu te havia dito que era melhor combater com a espada.** – Disse Pedro, golpeando Malco na orelha direita.

- **Pedro, pare. Eu não quero outro sangue. Quem escolhe a violência, morre na violência. É chegada minha hora, assim como profetizaram a meu respeito.** – Respondeu Jesus, passando unguento com ervas medicinais na orelha de Malco, interrompendo imediatamente o sangramento.

Enquanto levavam Jesus para o templo, todos acompanhávamos enfurecidos. Os demais discípulos me agrediam, enquanto eu não encontrava forças para reagir.

Apressadamente João e Tadeu correram para avisar as mulheres, e eu preferi acompanhá-los. Chegando ao cenáculo, eles contaram rapidamente o que tinha acontecido.

- **Joana, você precisa ir falar com Cuza para que ele faça o que for possível, avisando às autoridade da injustiça que o sinédrio está cometendo.** – Pediu Maria, mãe de Jesus.

- **Está certo, irei agora mesmo.** – Respondeu Joana.

- **Você, o irmão mais velho, que cuidou dele criança, como pôde ser capaz de tamanha loucura?** – Gritava-me Madalena, sem que eu, porém, soubesse o que dizer ou como me justificar.

- **Madalena, não serve gritar. Está acontecendo, vamos ao seu encontro, ele precisa nos ver ali, ao seu lado.** – Disse Maria.

Enquanto as mulheres corriam, acompanhadas de João e Tadeu, para o sinédrio, eu me perdia em meus próprios sentimentos, e me conscientizava do que havia feito. No sinédrio, gritavam e cuspiam em Jesus, e o acusavam de haver se autoproclamado filho de Deus, porque em suas orações chamava Deus de Pai. Ele, todavia, permanecia silente, as vestes lhe tinham sido rasgadas na altura do peito e lhe haviam esbofeteado.

Todos se organizavam para levá-lo à presença de Herodes, para que o governador decidisse sobre ele, já que ninguém queria ser responsável por seu sangue, pois simplesmente não existia qualquer acusação legal que lhe condenasse sequer ao cárcere. Os soldados, porém, lhe algemaram as mãos e os pés, colocando sobre ele pesadas correntes, e lhe agrediam durante todo o caminho. Eu, vendo aquilo, fui encontrar-me com Caifás.

- **Caifás, Malco me disse que nenhum mal fariam à Jesus, porém, seus guardas não param de esmurrá-lo e agredi-lo, seu mentiroso.** – Eu gritava com Caifás.

- **O que você ainda quer? Nosso compromisso foi honrado. Saia desta casa.** – Respondeu Caifás.

- **Compromisso? Aqui estão suas malditas moedas de prata. Agora liberte-o, nosso acordo está cancelado.** – Eu lhes disse.

- **Agora é tarde, meu caro persa, pois não se encontra mais em nossas mãos. Será um julgamento romano.** – Respondeu ele.

- **Romano? Sob qual acusação?** – Perguntei.

- **Motim? Insurreição? rebelião? Pilatos decidirá.** – Respondeu Abiatar.

- **Giuda, deve ser assim. É a vontade de Deus.** – Disse-me Gamaliel.

- **Vontade de Deus? De qual Deus? A culpa do seu sangue é minha, não divina.** – Respondi me retirando.

Eu saí deixando ali aquelas malditas moedas. Afinal, não teriam mais qualquer utilidade. Pedro, que me havia seguido, era interrogado pelos presentes na entrada do sinédrio, negando veementemente que era um de seus discípulos e, enquanto eu passava, lhe olhava nos olhos admirado, próprio ele que, momentos antes, havia atacado Malco com a espada. Agitado, eu procurava de todos os modos uma solução, ou ao menos de me aproximar de Jesus, mas me era impossível. Resolvi me dirigir ao terreno que havia comprado, para pedir à Mazda ou Jeová, ou qualquer outro Deus que me escutasse, uma solução, um livramento, um milagre.

- **Você viu o que fez? E agora? Quem irá cuidar de nosso filho?** – Perguntou-me Madalena, me segurando pela estrada quando apenas me encontrou.
- **Filho?** – Perguntei.
- **Eu estou grávida.** – Respondeu-me ela.
- **Madalena, eu serei sempre responsável pelo sangue de meu irmão e também por meus sobrinhos.** – Respondi.

A culpa aumentava em meu coração. Retornei ao templo e peguei as moedas de prata que havia jogado. Parti em direção ao terreno procurando falar com Ananias e Safira para que me restituíssem as moedas que lhes havia pagado pelo terreno e tivessem a posse deste.

- **Ananias, desculpe a hora, mas você sabe o que está acontecendo? Eu preciso daquelas moedas com as quais comprei o terreno, vocês podem ficar com a propriedade.** – Eu pedi.

- **Mas, Giuda, usamos aquele dinheiro, não temos nada em casa, para que lhe servia?** – Perguntou-me Ananias.

- **Eu queria juntar com o dinheiro que tenho e pagar pelos crimes dos quais Jesus será acusado, a fim de que não seja condenado.** – Respondi.

- **Crimes? Quais crimes?** – Perguntou-me Safira.

- **Os membros do sinédrio o estão entregando a Pilatos acusando-o de autoproclamar-se filho de Deus e fundador de um novo reino. Eu devo ir, preciso encontrar uma solução.** – Expliquei.

Eu me dirigi ao terreno, batendo nas portas dos vizinhos e perguntando se alguém desejava comprá-lo, em uma última atitude desesperada. Contudo, quanto mais eu procurava resolver, mais o tempo passava e menos ainda encontrava solução. Era já dia e as vozes espalhadas por Jerusalém confirmavam que ainda pela manhã Pilatos o julgaria em praça pública. Debaixo de uma árvore, naquele terreno de sangue, me sentei desesperado, clamando à Deus que me aparecesse qualquer solução.

- **Que situação meu filho!?** – Falou meu pai, Gaspar, que se aproximava silenciosamente.

- **Pai? Você sabia de tudo?** – Perguntei aflito.

- **Eu lhe disse que ele deveria morrer. Eu lhe avisei. É impossível impedir os planos de Mazda.** – Respondeu-me.

- **Os planos de Mazda? Quem o traiu fui eu, não Mazda.** – Repliquei.

- **Deus sempre trabalha através de nossas vidas, meu filho. Aliás, penso que Jesus tenha explicado isso muito bem, ou não disse ele que devemos ser o milagre uns dos outros?** – Respondeu.

- **Você acompanhava tudo de perto. Mas, você está certo, devemos ser o milagre uns dos outros, e eu serei o milagre de meu irmão, desmascarando a existência dos Magi e os planos que vocês elaboraram desde o nascimento dele.** – Eu lhe adverti.

- **Infelizmente, não posso permitir que faça isso, meu filho. Você fez muito bem a sua parte e não podemos obstacular os planos de Mazda por causa dos sentimentos que alimentamos. Tudo se encerrará ainda hoje.** – Disse Gaspar, concluindo a discussão.

MADALENA

-   **Estou aqui, e não sairei do teu lado.** – Eu lhe dizia, sem saber sequer o que fazer.

Meus vestidos já desbotavam de sangue, do seu sangue, próprio daquele que me havia salvado de todas as formas que alguém pode ser salva, enquanto eu não conseguia sequer aliviar sua dor. Os meus olhos já se perdiam nos seus, ali onde se diz tudo sem se dizer nada, e minhas mãos tremiam, meus braços vacilavam. Eu não sabia onde tocá-lo, uma vontade louca de dizer tudo, de tomar seu lugar, de absorver sua dor, mas tudo o que precisávamos dizer um ao outro era impronunciável, mas visível em nossos olhares lacrimantes. É ele o maior amor de minha vida, e o único verdadeiro. Talvez muito mais, sim, pois ele é todo o amor da minha vida. E me bastava ver o mundo através de seus olhos. Eu não queria ir a lugar algum, conhecer cidade alguma, pessoa alguma... nem história, nem informações, nem bens, nem conquistas, nem qualquer outra coisa. Bastava que ele permanecesse ao meu lado. É que se ele era ou não a encarnação de nossa fé, viver ao seu lado era o mais perto de Deus que se podia estar.

- **Viva e seja inteiramente feliz e preserve, a qualquer preço, o fruto de nossos momentos juntos.** – Me dizia Jesus, com a voz encharcada de dor e pranto.

- **Eu não quero outra vida. Não quero dividir o que sou com mais ninguém, pois tudo o que sou é o resultado do teu toque. Antes de você, eu existia em tanta solidão, satisfeita por um dia sem acusações. Depois de você, passei a existir através dos teus olhos, pois apenas você enxergou em mim o que eu mesma era incapaz de encontrar. Qual será minha vida sem tua presença? O que eu...** – Tentei falar de algum modo, me afogando em lágrimas, mas era sempre interrompida, procurando um lugar em seu corpo para tocá-lo, enxugando seu sangue, beijando suas feridas, mas era como se me tivessem sequestrado a vida, e eu era impotente de reaver o que era meu,

- **Se você não viver, todo este sacrifício será vão.** – Me disse com seu modo de falar que o fazia mais humano que qualquer outro de nós.

Já me faltavam forças e palavras para expressar o quanto era significante em minha vida. Ele me transformou em cada átomo que sou, e não há nada mais divino do que isto e, se existe, não quero conhecer. O maior milagre que podemos experimentar não é o impossível ao nosso redor, mas o impossível dentro de nós.

Eu me lembro de cada uma de nossas discussões, dos problemas que nos vieram, do ciúme dos discípulos, das acusações religiosas, e admirava a sua força, a coragem com a qual enfrentava cada coisa, e o modo sempre brando no falar. A sabedoria para desfazer ciladas, a lucidez na interpretação, o amor no jeito de olhar. E tenho saudade de cada um de nossos problemas, porquanto dividir a vida com ele foi a mais forte experiência de estar viva e apenas com ele eu me senti uma pessoa, eu me senti amada, desde que éramos crianças.

- **Um dia você será minha esposa.** – Dizia-me Jesus enquanto brincávamos nas proximidades da casa de meus pais.

- **Jesus, sua mãe é prima de meu pai e eu estou prometida à Felipe, o jovem rico de Magdala, discípulo de Gamaliel, não podemos fazer nada a respeito.** – Respondi, envergonhada.

- **Para Deus não existem impossíveis, Maria de Betânia.** – Respondeu-me, querendo com isto dizer que não me reconheceria jamais como Maria de Magdala.

- **Pode ser, e se de fato for a vontade de nosso Deus, eu estarei pronta para aceitá-la.** – Respondi, procurando vencer a vergonha, sem saber que meu coração era já dele.

Para quem acompanhava o desenvolvimento do ministério de Jesus, tudo era mágico. As suas palavras possuíam autoridade e poder, nos invadiam a alma de modo a libertar de toda e qualquer dúvida, mas, acima de tudo, dos medos que nos assombravam naquele período de incertezas. Com seus discursos, tínhamos a esperança renovada e a fé restaurada.

- **A fé não deve servir para que se realizem nossos desejos pessoais, mas para que nosso Pai nos torne capazes de socorrer o próximo, nos dando coragem e abnegação.** – Ensinava Jesus.

- **Agora, desta forma, é muito fácil para Deus continuar sendo Deus.** – Retruquei.

- **Por que, Maria?** – Perguntou-me Jesus.

- **Porque as coisas não acontecem em nossas vidas, as profecias não se cumprem, e não podemos lamentar, pois a fé não deve servir para que Deus transforme este nosso quadro de sofrimento.** – Respondi.

- **Maria, feliz aquele que sofre porque ama a Deus.** – Disse Jesus.

- **Jesus, não estamos sofrendo porque amamos a Deus, mas porque estrangeiros nos subjugaram dentro de nossa própria pátria.** – Repliquei.

- **Qualquer forma de injustiça que se sofra é um gesto de submissão e amor à Deus que manifesta o espírito messiânico** – Disse Jesus.

- **O que isso significa?** – Perguntei.

- **Que o Cristo é um espírito de contínuo amor pela vida e de vingança contra o sofrimento gratuito, que surge sempre diante de uma violenta injustiça.** – Respondeu ele.

- **Porém, Jesus, o que desejamos é uma solução prática, visível, que nos liberte de tanto sofrimento.** – Eu lhe disse.

- **Maria, isso se chama morte. Neste mundo o sofrimento é a única constante, tanto que jamais lhes prometi alguma forma de vida pacífica, mas a de cordeiros que se dirigem para o sacrifício.** – Respondeu Jesus.

- **Jesus, não podemos nos alimentar adequadamente porque temos de pagar impostos à Roma, que não é nossa pátria; sofremos constante ameaça de morte por causa das repressões contra as milícias locais; nossos líderes são colocados e depostos por Roma; nossos casamentos são arranjados por interesse financeiro; sofremos a opressão silentes; o que podemos dar a mais?** – Perguntei.

- **Maria, apenas agora, naquilo que você me disse, eu contei sete demônios: lascívia, inveja, ganância, egoísmo, incredulidade, medo e indiferença.**

- **Mas, eu falei com o coração.** – Retruquei.

- **E eu não disse o contrário, aliás, acho louvável a sua sinceridade. Contudo, a fé não se vive para si mesmo, mas como testemunho para o próximo. E que testemunho estamos dando quando pensamos apenas em nós mesmos? Por acaso somos os únicos em Israel a passarmos necessidade? A sermos oprimidos? A não nos conformarmos com nossos líderes? A sermos ameaçados de morte? A termos os bens tomados? Os nossos pais são os únicos que, preocupados com o julgo de Roma, procuram casamentos acertados com famílias ricas para conseguirem sobreviver e pagarem os impostos?** – Perguntava ele.

- **Não.** – Respondi desmoralizada.

- **Então, Maria, enquanto estivermos cada qual olhando para o próprio umbigo, nada a nossa volta irá mudar.** – Concluiu Jesus.

Aquela conversa me libertou inteiramente de meu egoísmo, e eu passei a amá-lo mais a cada dia, com o desejo ardente de me desembaraçar daquela promessa de casamento com Felipe, orando e clamando todos os dias para que Deus ouvisse meu coração e transformasse tal situação, permitindo que eu pudesse fugir daquele matrimônio acertado e correr diretamente para os braços de Jesus.

É comum nos perguntarmos a respeito do significado da vida e o que realmente é estar vivo, pois quando nos questionamos sobre a vida, respondemos sempre o que é viver ou como gostaríamos de viver, sem jamais respondermos exatamente o que é a vida. É, portanto, que a definimos como um mistério, como um milagre, pois apesar de sabermos o que é a morte, ou seja, o fim da vida, todavia não sabemos definir a vida em si. E quando nos damos conta disto, nossos olhos não se voltam mais para as questões filosóficas, mas para as lembranças que não queremos perder. É às lembranças que nos apegamos e é dali que surge nosso desejo de eternizar. A eternidade não é um conceito teológico, porquanto uma vida nos é já o bastante. Continuar indefinidamente a própria existência é algo que não conseguimos imaginar. Todavia, dentro de uma história de amor a eternidade possui forma e ganha sentido. A razão de existir está em pertencer ao outro que nos ama, e eu queria ser inteiramente propriedade de Jesus, a qualquer custo, e aquela nossa história, iniciada entre duas crianças às margens da Galiléia, eu desejava que se eternizasse. Cada coisa, cada detalhe e cada imperfeição eu queria eternizar. As discussões ciumentas, as contradições de conceitos, os dias sem nos falarmos, os beijos de reconciliação.

Quando soubemos, porém, da morte improvisa de Felipe, nos sentimos aliviados e culpados ao mesmo tempo. Nós não precisávamos mais esconder nossos sentimentos, porém, não pensávamos que a solução de nossos problemas se resolveria apenas com a morte de uma pessoa que estimávamos.

- **Não sabíamos aquilo que estávamos pedindo enquanto orávamos, pois, de fato, para a lei você estaria desimpedida apenas se viúva.** – Disse-me Jesus, muito abatido.

- **Jesus, não devemos nutrir tais sentimentos agora. Você sempre disse que a vontade de Deus se cumpriria, pois é soberana. Nem você e nem eu somos em grado de controlar os eventos, tanto menos a vida ou a morte. Aconteceu aquilo que estava nos planos de Deus.** – Respondi.

- **Eu me pergunto se seria assim caso não nos tivéssemos apaixonado.** – Replicou Jesus.

Com o tempo, aquele sentimento de tristeza desapareceu e ele se tornou mais feliz e natural. A vida ao seu lado era incrível. Um homem completamente desapegado de sonhos ou ganância, que mantinha o coração firme no fazer o bem às outras pessoas, e a dividir não apenas o que tinha, mas também quem era.

Em Jesus não existia egoísmo ou inveja, suas ideias eram claras e simples, o que as tornavam fáceis de assimilar, mesmo que fossem únicas e originais. Ele não sabia fazer o mal a ninguém e, quando nos casamos, se discutíssemos, ele jamais adormecia sem que nos reconciliássemos. Éramos um do outro, inteira e indiscutivelmente, e nos amávamos com um amor tal capaz de superar qualquer adversidade. A vida eu conheço apenas a partir dele e não tenho uma só lembrança na qual ele não esteja presente.

- **Joana, por que você não explicou a Cláudia que Jesus é o escolhido?** – Perguntei-lhe aflita.

- **Madalena, eu não vejo Cláudia desde o início de Páscoa e, pelo que ouvi, Cuza implorou que Pilatos não se envolvesse na oposição judaica.** – Respondeu-me Joana.

- **Joana, eu não suporto mais... estou perdendo o único homem que amei, e me encontro incapaz de salvá-lo, justo a pessoa que me salvou.** – Disse, me engasgando em meu pranto.

- **Madalena...** – Falava-me Joana, quando a interrompi.

- **Pare de me chamar de Madalena. Eu sou Maria de Nazaré, de Nazaré...** – Falei-lhe aos prantos.

Maria, minha sogra, Joana, Susana, Cleofa, Porfirea e eu, seguíamos de perto o calvário de Jesus.

A agonia de seu sofrimento era irretratável. A violência contra ele era como se o ódio de Roma, por causa dos conflitos internos entre Síria e Palestina, recaísse em seus ombros. Ele era tratado como um qualquer ladrão, mesmo que ninguém sequer soubesse do que era acusado. A força das chicotadas sujava nossos rostos e vestidos com seu sangue. O chicote com esporões lhe arrancava parte da carne nas coxas e lhe feria a cabeça. A sua fisionomia era já completamente desfigurada.

- **Basta!?** – Gritava Maria, minha sogra, desesperada.

- **Maria, se acalme.** – Dizia Susana.

- **Basta! Por que continuam a maltratá-lo? O que ele fez?** – Perguntava Maria.

- **O seu amado filho é acusado de querer tomar a Palestina de Roma.** – Disse Longino, ironizando.

- **Mas, quando Jesus te curou, a pedido de Cornélio, todos vocês o adoraram como o filho de Deus.** – Respondeu Porfirea, mulher de Pedro, silenciando Longino que, apressadamente se dirigiu à Pilatos pedindo de interromper os açoites.

Em tais pausas, de tanto em tanto, podíamos nos aproximar dele para limpar suas feridas.

- **Meu querido, por que você não interrompe essa loucura? Afinal do que lhe estão acusando?** – Perguntei aflita.

- **Eu estou cumprindo a profecia, minha amada e uma profecia, para que se cumpra, é necessário que seja vivida, além de apenas crer nela.** – Respondeu-me.

- **Porém, eu não aguento restar calada a contemplar toda injustiça que lhe estão fazendo.** – Eu lhe disse.

- **Maria, minha Maria, apenas meu corpo sofre. Minha alma está em paz. E meu irmão, Judas? Alguma notícia?** – Perguntou-me preocupado.

- **Jesus, você já não está sofrendo demais para ainda se preocupar com quem lhe traiu?** – Revidei a pergunta, indignada.

- **Maria, e Judas?** – Insistiu ele.

- **Morreu, Jesus. A causa ainda é incerta, mas ao que parece se suicidou.** – Respondi suspirando.

- **Meu irmão...** – Disse Jesus, chorando.

- **Não fique assim, meu amor.** – Procurei consolá-lo.

- **Maria, não foi culpa dele, mas desta profecia que precisava acontecer. E muito menos penso que tenha se suicidado. Vai contra o ensinamento dos Magi. Seguramente foi silenciado para que não fosse interrogado durante o meu processo.** – Respondeu-me, enquanto era arrastado pelos soldados para outra série de açoites.

Nenhuma de nós havia jamais visto tamanha força e determinação. Era inexplicavelmente divina.

Nem todos sabíamos o que de fato acontecera na Pérsia e aquilo que lhe haviam ensinado e forçado a ser. Nós sabíamos que Judas era o filho mais velho de Gaspar e que ele, apesar de ter sido responsabilizado para que a profecia se cumprisse na vida de Jesus, com o tempo se havia convertido e se afeiçoado sempre mais à causa de seu irmão Isa, como o chamava, sem jamais pensar que seria realmente necessária a sua morte. De fato, a morte de Jesus, por mais que ele nos avisasse a respeito, nos era sempre inimaginável. Acredito que ninguém, por mais espiritual que seja, consiga absorver a ideia de uma morte necessária para alguém que ama.

- **Eu não entendo essa sua insistência em morrer, Jesus. Deus não providenciou o cordeiro para Abraão?** – Perguntava Judas depois de algumas explicações de Jesus, querendo dizer que qualquer providência também viria sobre sua vida.

- **Judas, o sacrifício que faço é substitutivo, de modo que nenhum outro sacrifício seja necessário. Sabe-se que a remissão de pecados se dá apenas por derramamento de sangue e não sacrificar Isaque, que era homem e inocente, não parece ter sido uma sábia decisão, pois todo e qualquer sacrifício animal é incompleto. Para o pecado humano é necessário um sacrifício humano, justo e reto, anulando a culpa da desobediência de Adão.** – Explicava Jesus.

Aquelas palavras se repetiam em meus pensamentos no terrificante momento que estávamos presenciando. Nenhum de nós havia jamais imaginado que tal monstruosidade um dia se cumpriria. Como alguém que fez apenas o bem à todos poderia ser condenado? Sob qual acusação? Fazer o bem? A nossa esperança era que tudo aquilo Roma utilizasse como exemplo contra os verdadeiros militantes, mas que o sofrimento de Jesus terminasse naquela punição, não indo avante.

- **Eis aqui Jesus de Nazaré, filho de José, devidamente punido e, certamente, não cometerá mais os mesmos erros.** – Anunciava Pilatos à multidão.
- **Ele é um rebelde e isto não o deterá.** – Gritava Caifás.
- **E o que devo mais fazer? Este homem é inocente.** – Dizia Pilatos.
- **Pilatos, não se envolva nesse problema religioso, não é comum à prática romana. É páscoa, apresente um outro prisioneiro com Jesus e deixe que eles decidam qual dos dois libertar.** – Aconselhava Cuza.
- **Pilatos, esse é um homem santo.** – Advertia Cláudia, esposa de Pilatos, a respeito de Jesus.

Pilatos, se voltando para a multidão, mandou trazer outro prisioneiro para deixar que o povo decidisse qual dos dois condenar, na esperança de pouparem Jesus.

- **Pois bem, aqui temos Jesus de Nazaré, contra o qual não existe acusação e, portanto, publicamente lavo minhas mãos. E, do outro lado, temos Barrabás, o outro Jesus que, este sim, se autoproclama salvador dos judeus. Como é Páscoa, ofereço o perdão à um dos dois. Qual dos dois Jesus devo poupar? Escolham.** – Disse Pilatos, lavando as mãos em sinal de inocência pela decisão do povo sobre a vida de Jesus, e apresentando o outro prisioneiro, o líder dos zelotes, Barrabás, que se chamava Jesus Barrabás, e se auto afirmava libertador de Israel.

Inicialmente ninguém disse nada. Havia um completo silêncio, até que alguém, em meio a multidão, começou a incitar que liberassem Barrabás. Todos restamos admirados com a massa que, gradativamente, aclamava Barrabás como herói do povo. Procurávamos desesperadamente silenciar aquela louca gritaria e encontrar a pessoa que alimentava a soltura de Barrabás, até que encontramos Gaspar que se movia entre a multidão, convencendo a massa. Por mais que corrêssemos para silenciá-lo, os presentes se haviam já decidido na condenação de Jesus, de tal modo que não sabíamos mais o que fazer, e se tudo teria sido uma profecia ou uma terrível maldição.

- **Mas o que você está fazendo, seu maldito?** – Disse Pedro furioso, tomando Gaspar pelas vestes assim que o alcançou.

- **Meus irmãos e eu estamos salvando a humanidade e fazendo de Jesus uma lembrança inapagável na história, sem negá-lo publicamente como você fez.** – Respondeu a Pedro, destruindo seus argumentos e me fazendo olhar em volta e ver entre a multidão outros Magi, inclusive Baltasar e Belchior.

- **Vocês estão loucos? Condenar um inocente para salvar o mundo?** – Eu lhe questionei.

- **Seria melhor salvar Jesus e condenar o mundo?** – Ele me perguntou.

- **Qualquer um, menos meu marido.** – Respondi.

- **Você o conheceu já sabendo ao que estava destinado e, mesmo assim, escolheu se casar com ele. O que hoje você sofre foi uma sua escolha.** – Respondeu Gaspar.

- **O que hoje sofremos, seu miserável.** – Disse Pedro, atravessando a espada na barriga de Gaspar.

- **Pedro, isso não pode nem nos deter, nem me matar.** – Disse Gaspar, enquanto se retirava da multidão e seu corpo se transformava em luz.

- **Pedro, o que está acontecendo?** – Perguntei.

- **Eu não sei, eu não sei.** – Disse Pedro, enquanto fugia aterrorizado.

- **Maria, devemos voltar para Jesus, esqueça o resto.** – Disse-me Porfirea me puxando pelo braço.

Corremos em direção à Jesus na esperança de vê-lo, enquanto eu havia a necessidade de abraçá-lo, de roubá-lo para mim, de tirá-lo daquela situação caótica. Pilatos, por intercessão de Cuza e Cláudia, nos permitiu alguns minutos com Jesus, mas havíamos a consternação do silêncio em nossas almas. Maria, Cleofa, Susana, Joana, Porfirea, João, Tadeu, Tiago, Marta e eu olhávamos Jesus sem conseguir pronunciar nada além da tristeza que externava nossos olhares.

- **Por que não se defende?** – Questionava Tiago, seu primo.

- **Você já viu um julgamento parecido? No qual alguém é acusado abertamente de algo que jamais cometeu e, no lugar de a multidão gritar sua inocência, grita por sua condenação? É coincidência para você? Eu estou renovando todas as coisas.** – Respondeu Jesus.

- **Gaspar estava no meio da multidão seduzindo-a contra você.** – Disse Maria, sua mãe.

- **Gaspar não é Deus, apenas um seu mensageiro.** – Disse Jesus, sem que entendêssemos ao que se referia.

- **Mas eu não quero um messias, quero apenas você, seu filho precisa de você.** – Eu lhe disse.

- **Você quer dizer meus filhos, pois eu sei que são gêmeos pelo tamanho de sua barriga. Eu te amo e já os amo com tudo o que sou.** – Disse-me ele.

- **Jesus, então precisamos ainda mais de você conosco.** – Respondi chorando e o beijando.

- **Minha amada, este é um momento no qual preciso de força. Você acha que eu não pensei em abandonar tudo e voltar para você? Pensei muitas vezes, porém, eu demonstraria fraqueza, apostasia, atitude da qual eu sairia derrotado e o mundo continuaria o mesmo. Tudo será diferente depois deste julgamento e eu continuarei presente com vocês.** – Respondeu Jesus.

- **Como assim? Você vai ressuscitar?** – Perguntou João.

- **João, a morte é apenas uma etapa da vida.** – Disse Jesus.

- **Mas, se você continuará presente, então não terá morrido.** – Disse Tiago.

- **A ressurreição não é nada além da vontade de não permanecer morto, e esta vontade se encontra em minhas mensagens e em seus corações. O amor é o único sentimento disposto a ir além da vida. Cada vez que vocês anunciarem meu nome e aquilo que ensinei, eu me farei presente, ressuscitado no meio de vocês através de vossos pensamentos e em seus corações. Cada vez que derem de comer ao faminto, de beber ao sedento, de vestir ao desnudo, e visitarem aqueles encarcerados, aqueles que não podem e nem possuem mais forças para combaterem as próprias batalhas e lutarem pelas próprias vidas, eu estarei presente.** – Explicou Jesus.

- **Porém, não nos é o bastante. Nunca será o bastante.** – Disse Maria, sua mãe.

- **Será mais que o bastante, mãe, pois terás ainda os teus filhos que te amam, tornando em vida tuas lembranças.** – Respondeu Jesus, se referindo a João e Simão e suas irmãs.

- **Todavia, eu não terei ninguém.** – Falei.

- **Como pode dizer isso se você carrega no ventre o fruto de nosso amor? Ame-os e você me verá neles.** – Respondeu Jesus, sendo arrastado pelos guardas para a crucificação.

- **Não, não. Devolvam-me meu marido. Não... Eu quero meu amor, eu sou dele e ele é meu, pai de meus filhos, tesouro do meu coração, meu tudo, minha razão, meus porquês... Me estão arrancando tudo o que tenho.** – Eu gritava incontrolavelmente, enquanto Joana tentava me acalmar.

Recuperada a coragem, eu continuei seguindo-o de longe, até onde me era permitido ficar, observando tudo aos prantos. Na prisão, zombaram dele, o açoitaram, cuspiram, rasgaram suas vestes e o vestiram com um pedaço de pano avermelhado com seu sangue, colocando uma coroa de espinhos em sua cabeça.

- **Quem se alegava salvador de Israel era o outro Jesus que vocês libertaram, o Barrabás.** – Eu gritava do pátio.

- **Nós não libertamos Barrabás, mas o seu povo escolheu crucificar esse Jesus.** – Disse Cornélio, o centurião.

- **Porém, o meu marido nunca se auto intitulou rei ou salvador de Israel.** – Respondi.

- **Por que, então, ele não escapa? Ele fez tantos milagres e não pode resolver este simples problema? Basta alegar sua inocência e confirmar que não disse nada do que é acusado.** – Falou Cornélio.

Eu não sabia o que responder. As pessoas que ele tanto defendeu estavam presentes quando decidiram pela sua crucificação, e nenhuma das tais, sequer as curadas ou libertas, saiu em sua defesa.

- **Porque amar é um gesto de entrega, não uma cobrança. Amar é o desejo de salvar o perdido, não de salvar a si mesmo. Ora, não é isso que fazem os soldados, ou seja, partem em batalha pelo bem daqueles que amam e da nação que defendem? Os soldados não são os primeiros a darem a própria vida pelos ideais que protegem?** – Respondeu Jesus de dentro da prisão, deixando Cornélio envergonhado.

Enquanto sua fisionomia se transformava com as duras agressões que sofria, seus olhos permaneciam transmitindo a mesma inalterada paz. Algemaram seus pés na cintura, apoiaram a cruz em seus ombros, e a marcha para fora dos muros da cidade teve início. Jesus não podia beber água ou ter qualquer pausa para respirar.

Eu me esforçava para que me deixassem passar em seu socorro, mas repetiam que enquanto ele pudesse carregar, nenhuma ajuda seria permitida. Simão, que estava ausente porque tinha ido pedir ajuda a José, o irmão mais velho de Jesus por parte de pai, contemplava tudo atônito.

- **Mas é Páscoa... como é possível que um julgamento tenha se dado tão rapidamente? Eu cheguei tarde demais!** – Exclamava Simão, admirado.

- **Simão, não é culpa sua. Você veio com José?** – Perguntei.

- **Sim, está um pouco mais adiante.** – Respondeu Simão.

José, vendo aquela cena, procurou usar de sua influência.

- **Eu sou José, filho de José carpinteiro, temos encomendas por toda Jerusalém, posso pagar pela absolvição de Jesus, meu irmão.** – Disse José a Longino.

- **É impossível, pois todo povo judeu escolheu condená-lo libertando Barrabás.** – Respondeu Longino.

- **Todo este povo preferiu Barrabás à meu irmão? Povo maldito, depois não sabe porque Deus não responde às suas orações.** – Disse José, enquanto Jesus passava, tombando com o peso da cruz.

- **Você é família? Ajude-o.** – Disse o soldado Stephaton.

- **Agora mesmo.** – Disse José correndo em socorro de Jesus.

    – **Meu irmão, como posso lhe ajudar?**

- **Você já o está fazendo, José. Olhando-o me lembro tanto dele** – Disse Jesus, se referindo a José, seu pai.

- **Meu irmão, me perdoe, sempre fui tão impaciente e sempre o critiquei quando mais moço.** – Disse José.

- **Não tem problema, José. É passado, o importante é que estamos aqui agora e ainda podemos nos perdoar reciprocamente.** – Respondeu Jesus.

- **Eu não tenho nada a te perdoar, você é motivo apenas de orgulho.** – Replicou José.

- **Eu? O filho ilegítimo? Não tenho nada do que me orgulhar senão da oportunidade de ter sido irmão de todos vocês e de ter feito parte desta belíssima família.** – Disse Jesus, arrancando lágrimas de José.

- **Basta, ele já pode continuar sozinho.** – Disse Stephaton, vendo a proximidade e o diálogo de ambos, devolvendo a cruz para Jesus e retirando José de seu lado.

O caminho era quase terminado e nos aproximávamos do monte chamado caveira, o qual era assim chamado por causa dos cadáveres que se acumulavam na vala comum por trás do lugar de crucificação dos condenados. Ao chegarmos ali, Jesus desmaiou sobre a cruz que carregava e foi acordado apenas pelos soldados que posicionavam seu corpo.

- **Tenham piedade, eu vos imploro.** – Eu gritava, enquanto colocavam o corpo de Jesus sobre a cruz para atravessarem os pregos.

- **Pai, tenha misericórdia deles porque estão apenas cumprindo os teus propósitos eternos.** – Dizia Jesus, despertado pela terrível dor, enquanto Longino perfurava seus pulsos e Stephaton seus calcanhares.

A cena era um espetáculo para quem assistia e uma tragédia para qualquer membro de família. Era insuportável de contemplar. Quem continuava observando havia nos olhos o desejo de milagre, a esperança que qualquer coisa acontecesse, mas quando Deus decide permanecer imóvel, nem o vento sopra para aliviar do calor, nada enxuga nossas lágrimas, e o semblante de esperança passo a passo dá lugar ao desespero, até nos conscientizarmos de que nada vai mudar.

- **Meu filho... o que foi que eu fiz?** – Disse Maria, aos pés da cruz.

- **Tudo era como tinha de ser e você deve se alegrar por ainda ter outros filhos para abraçar.** – Disse Jesus, se referindo aos seus irmãos e irmãs.

- **E eu? O que irei abraçar hoje a noite além de um lençol vazio?** – Eu disse à Jesus.

- **A liberdade, meu amor, eu morro para que você possa viver plena e abundantemente.** – Respondeu Jesus.

Vida? Que vida? Aquele era um diálogo que eu queria evitar, pois se repetia como quando tudo começou, terrivelmente profético e verdadeiro.

- **E quando eu me for, a vida nunca mais será a mesma, pois estaremos reconciliados com Deus.** – Explicava-me Jesus o propósito de seu ministério, em uma noite estrelada nas margens do lago Tiberíades.

- **E que vida me existirá sem você?** – Resmunguei.

- **A sua vida será semelhante a como será o céu para mim, minha amada, o qual estará sempre vazio enquanto você não estiver lá. Porém, quando você vier a Tiberíades, deite na areia, perto do mar, e olhe o céu, como estamos fazendo agora, e nos encontraremos aqui, debaixo do nosso céu de estrelas, você na areia da praia e eu no céu que se reflete no mar, assim, cada vez que você molhar seu corpo nessas águas, eu estarei te abraçando.** – Disse-me Jesus, enquanto me banhava delicadamente no mar.

Enquanto as lembranças me invadiam, a vida o abandonava. Lentamente sua cabeça repousava em seu peito, enquanto ele, quase inconsciente, se lembrava de seu pai José, em um visível e íntimo sofrimento que atravessava.

- **Pai, por que me abandonastes?** – Gritava Jesus, e não sabíamos se fazendo referimento a Deus ou a José.

- **Seu pai é morto, meu filho, e ainda bem que é assim, pois jamais permitiria que tanto sofrimento lhe sobreviesse.** – Disse Maria, sua mãe.

- **Já não importa, pois é tudo consumado.** – Respondeu Jesus, expirando.

Os guardas haviam acelerado o processo de morte nos demais condenados, todavia, temente pela cura que havia recebido, Longino evitou quebrar as pernas de Jesus, apenas lhe atravessando o lado direito com a ponta de uma lança. Ele já estava morto, mas água e sangue ainda jorravam distintamente, dois elementos de vida saindo de uma mesma ferida. Todos ficaram aterrorizados e alguns testemunharam de pequenos tremores em toda Jerusalém, rasgando o véu do templo que separava o santo lugar do santíssimo.

Presenciar, impotentemente, a morte de alguém amado é o pior de todos os castigos. Jesus estava certo quando disse que existem momentos piores que a morte nesta vida, e o meu pior momento foi receber o corpo de meu esposo sem vida, envolto em panos de linho que havíamos comprado. Maria, mãe de Jesus, e eu pedimos aos demais que nos deixassem a sós por alguns minutos, assim, nos abaixamos aos pés daquela maldita cruz e nos abraçamos com seu corpo sem vida.

Tudo era muito estranho, ainda ontem festejávamos a Páscoa em sua companhia e, no dia seguinte, era ele nosso sacrifício pascoal. Abraçadas ao seu corpo, restávamos incrédulas. As autoridades nos queriam tomá-lo alegando que fôra condenado como criminoso, mas José, seu irmão, pagou para que seu corpo nos fosse restituído, usando o ouro que os Magi haviam doado em seu nascimento.

- **José, você trouxe os demais presentes para que possamos limpar o corpo dele?** – Perguntou Maria.
- **Sim, já se encontram na entrada do mausoléu de nossa família.** – Respondeu José.
- **O que você vai fazer agora?** – Insistia Maria.
- **Eu não sei, continuar com as atividades de família. Ainda é tudo muito recente e não consigo assimilar. Torno para Arimatea com minha família. Vocês permaneçam atentas e vigilantes, pois a situação aqui ainda é muito nervosa.** – Advertiu José que, para se distinguir de seu pai, chamávamos José de Arimatea, enquanto se retirava com sua mulher e filhos.

Eu limpei o corpo de meu marido, juntamente com Maria, untei suas feridas, o lavei com mirra, o envolvi com panos de linho e deixei o incenso queimar, em todo tempo beijando seu corpo, seu rosto, implorando que fizesse um último milagre e retornasse à casa comigo.

A dor ensina que, no desespero, tudo ainda pode piorar, que nunca existe um fim para o sofrimento, que nós apenas aprendemos a conviver com aquilo que nos arruína por dentro e que todos os dias nos rouba o desejo de levantar, de abrir a janela, de ver o mundo. A viuvez não é aceitar a morte, é lidar com a ausência, com o vazio. É um rito de levantar-se a cada dia procurando esperança e se esforçando não apenas para manter viva a memória de quem se foi, mas de sobreviver daquelas lembranças, pois servem muito mais para nos encorajar a viver, do que para dar continuidade à memória de quem nos deixou.

Para o funeral as demais que nos seguiam vieram ajudar, junto com os discípulos.

- **Sabe-se algo a respeito de Judas?** – Perguntou Tomé.
- **Ainda nada.** – Respondeu Bartolomeu.
- **Muito estranho.** – Concordou Tiago.
- **Penso que devemos nos espalhar por um tempo.** – Disse Tadeu.
- **Pelo contrário, agora que devemos permanecer mais unidos. Temos o cenáculo e o melhor é que estejamos juntos, cuidando uns dos outros.** – Disse Pedro.
- **Por enquanto não conseguimos sequer raciocinar, e tornamos a Nazaré.** – Eu lhes disse, avisando que tornaria a casa com minha sogra.
- **Sim, vamos esperar passar o luto e voltamos para casa.** – Concordou comigo Maria.

O tempo que permanecemos no cenáculo me era insuportável. Eu não conseguia digerir a aceitação visível nos rostos dos demais e, portanto, não conseguia estar no mesmo ambiente acompanhada deles. Eu não aguentava relembrar os ensinamentos de Jesus, nem suas palavras, porque me machucava a ausência de seu toque. A imagem de seu corpo morto em meus braços estava gravada em meus olhos, e eu a via onde quer que olhasse e por onde andasse. Quase nunca estava dentro do cenáculo porque tudo ali me lembrava Jesus. Eu não via a hora que se passassem aqueles três dias e eu pudesse regressar para Nazaré, me trancar em um quarto e esperar a morte. Saudade é algo que conseguimos definir apenas quando percebemos que a presença de todos os demais é insuficiente para preencher o buraco da ausência de quem morreu.

Passados os três dias, eu fui cedo pela manhã visitar o túmulo, deixar ali minhas orações, minhas súplicas, minha angústia... tudo apenas um quadro a se interpretar, pois o que eu realmente esperava era que ele saísse curado daquele sepulcro como acontecera com Eleazaro, ou voltar correndo para Nazaré, enfim, me ver livre de tamanha saudade. Porém, ao me aproximar do local, notei um alvoroço que rapidamente se dissipava.

Ao chegar diante do túmulo eu vi a pedra tombada, mas os selos romanos intactos, e aquela figura humana em forma de luz, sentada sobre a pedra removida. A mesma luz que emanara de Gaspar quando Pedro o golpeou com a espada.

- **Você!? Sempre você por trás de tudo, o tempo inteiro. Afinal, o que você quer? O que faz aqui? Por que o sepulcro é aberto?** – Eu disse.

- **Sim, sempre eu. Em tudo quanto é vivo, eu sou, e o que faço agora, nenhum de vocês pode ainda entender. O sacrifício dele foi aceito e aqui não é mais o seu lugar.** – Respondeu-me aquela luz.

- **O que quer dizer com isso? Ele está vivo?** – Perguntei.

- **O que faz você aqui? O que procura? Ele já não está mais entre os vivos e ao mesmo tempo permanece vivo, dentro de você.** – Ele me respondeu apontando minha barriga, se referindo aos nossos filhos.

- **Quem é você? Gaspar? Qual é seu verdadeiro nome?** – Perguntei.

- **Eu sou aquele que é.** – Respondeu-me desaparecendo.

- **Meu Senhor Adonai...** – Balbuciei enquanto aquela luz desaparecia.

Entrando no mausoléu percebi que o corpo de Jesus havia desaparecido e corri para avisar aos demais que ainda dormiam no cenáculo, e tornamos ao sepulcro.

- **Apenas os Magi ou os sacerdotes teriam tamanha autoridade para convencer os guardas a abandonarem um sepulcro vigiado e, assim, retirarem o corpo. Mas com qual propósito?** – Indagava Mateus.
- **Com o objetivo de incutir terror aos romanos por haverem condenado um inocente, para que a desordem se materialize dentro deste império sujo e hipócrita, para que Israel tenha novamente um farol.**
– Respondeu Caifás, saindo de entre as folhagens.
- **Foram vocês, mas, vocês desejavam a condenação dele, o acusaram de coisas que jamais fez, e agora creem nele?** – Perguntou Pedro.
- **Eu sempre disse à Judas que era melhor que morresse um por todo o Israel, que todo o Israel padecesse. E esta foi, também, a mensagem de Jesus. Jamais assumiremos nele uma crença messiânica, mas esta divisão será suficiente para a ruína de Roma.** – Explicou Gamaliel.
- **E Judas? Vocês também são responsáveis por sua morte?** – Perguntou Cleofa.
- **Não, nem temos qualquer relação com a morte de Judas, nem sabemos o que realmente lhe aconteceu.** – Respondeu Caifás.
- **E agora, o que acontecerá?** – Perguntou Mateus.
- **Vocês devem continuar a obra que ele iniciou, e o resto seguirá o próprio curso.** – Disse Caifás.
- **E faremos paz, assim, sem explicações?** – Perguntei.

- **Seremos invariável e aparentemente adversários, enquanto no nome de Jesus todo joelho em Roma se dobrará e todos o reconhecerão messias. Só assim seremos livres.** – Respondeu Gamaliel.

- **E o corpo de meu filho?** – Perguntou Maria.

- **É um segredo muito bem guardado e melhor que ninguém saiba.** – Disse Gamaliel.

- **E quando nos perguntarem a respeito?** – Perguntou Simão.

- **Diga apenas que está vivo e que vive em cada um vocês.** – Respondeu Caifás.

- **Mas, nem é uma verdade e tanto menos uma resposta.** – Retrucou Tomé.

- **A verdade é apenas um ponto de vista. Espalhem-se em Israel e cada um conte a própria versão dos últimos eventos.** – Disse Caifás, se retirando com Gamaliel.

Naquele mesmo dia, antes de voltarmos a Nazaré, Maria e eu procuramos Caifás em casa sua para lhe pedir o direito de ver o corpo de Jesus uma última vez. Ele consentiu e nos levou ao templo, em um lugar secreto, onde pudemos deixar ali nossas últimas palavras. E lembro muito bem de tudo naquela noite.

- **Mantenham segredo, assim, mais seguro estará. Enquanto formos publicamente adversários, jamais o procurarão aqui.** – Advertiu Caifás.

- **Não iremos compartilhar com ninguém, nem mesmo com os demais discípulos.** – Disse Maria, enquanto eu, voltada para seu corpo, iniciava a dizer-lhe tudo quanto se achava em meu coração.

- **Meu tesouro, obrigado por tudo, obrigado por iluminar meus dias com o seu sorriso, por mudar minha vida com seu carinho, por todo cuidado que me teve, por ter se apaixonado por mim quando ainda éramos crianças e jamais ter desistido de mim, por ter me feito seu mundo, seu refúgio, o lugar no qual você descansava a cabeça. Em minha vida o seu lugar é insubstituível. Confesso de não haver forças para prosseguir, mas que as encontrarei em nossos filhos. Pensei em chama-los de Judas e José se forem homens, ou Maria e Marta se forem mulheres. Ou José e Maria se for um casal. Bobagens minhas, pois é tudo uma forma de não te esquecer. De todo modo, pensei em não dar teu nome para romper com os grilhões de ódio que ainda nos cercam, para poupá-las de qualquer sofrimento futuro, e porque teu nome, a partir de hoje, é apenas teu, é apenas nosso. O teu nome é, em minha vida, sobre todo outro nome. Nada é mais precioso em meu coração e espero que nossos filhos não apenas se pareçam contigo, mas tenham o teu caráter, pois você é o bem mais precioso que encontrei em minha estrada. Você me fez uma eterna criança e sempre que banho meus pés no mar, lembro**

de nós dois. Sempre que afundo as mãos na areia quente, lembro de suas brincadeiras. Nenhuma rainha foi tão presenteada quanto eu, nenhuma mulher foi tão amada quanto eu. Adormecer em teus braços era sinônimo de segurança e proteção. Amanhecer ao teu lado era a aventura de uma descoberta, ou você me acordava com beijos, ou com a primeira refeição, ou com seu sorriso perfeito, adorando meu corpo como teu templo. Nenhum casal jamais será como nós dois. O meu corpo tem saudade de tuas mãos, minha boca saudade de tua boca. Hoje não tenho mais os teus braços, mas usarei os meus para dar aos nossos filhos tudo o que você me deu. Este não é um adeus, é apenas uma separação momentânea. Em breve estarei contigo, seja no pó, seja no paraíso, não importa, desde que estejamos juntos. – Foram minhas últimas palavras para Jesus.

Os dias que vieram foram inteiramente conturbados. Períodos de paz, períodos de perseguição. Maria e eu vivíamos ainda em Nazaré, e eu me ocupava em criar meus filhos, José e Judas, os quais cresciam bem e em saúde. Havíamos o cuidado de todos, e a parte da herança de Jesus que nos dava mensalmente José de Arimatea para nossas despesas pessoais, enquanto as crianças aprendiam a profissão do avó e do pai.

Os discípulos que permaneceram em Jerusalém foram violentamente perseguidos, maltratados, exilados, assassinados, porém, quanto mais eram perseguidos, mais discípulos surgiam e, rapidamente, o cristianismo nascia além de uma seita, motivando a fé de todo o império. Todavia, depois do duro interrogatório que sofrera meu cunhado Judas, filho de Maria, Domiciano convocou meus dois filhos, procurando saber se eram herdeiros e sucessores do Reino de Cristo, tanto por causa das pregações de Jesus, quanto por causa da linhagem davídica de sucessão ao trono de Israel e, assim, percebemos que era o momento de escapar. Os meus filhos foram envergonhados publicamente, tiveram todos os seus pertences tomados pelo império e foram despedidos não por misericórdia, mas porque Domiciano tinha medo de, condenando-os a morte, favorecer novas revoltas em Israel, especialmente por serem filhos de Jesus.

As pregações e as cartas de Paulo contribuíram para uma interpretação divina em torno de Jesus, criando uma série de discussões em torno de sua natureza, se era humano, se era divino, e para nós, que havíamos convivido com ele, era uma afronta, pois apenas nós sabíamos o quão humano ele era, mais humano e misericordioso que qualquer outro.

De fato, talvez fosse esta compaixão e humanidade, singularmente presentes nele, que o fizessem parecer divino. Estranho, pois, de acordo com suas mensagens, o divino se manifesta quando somos capazes de demonstrar extrema humanidade para com nossos semelhantes, exatamente como hoje acreditam que ele fosse mais especial do que realmente era. Todavia, a verdade é que independente daquilo que adicionem à sua pessoa, nada causará qualquer mudança, pois ele continuará sendo o melhor de todos nós. O que dele aprendemos não possui nada de divino, ele apenas praticou e foi aquilo que nós vergonhosamente éramos incapazes de manifestar e, mesmo não sendo divino, ele era o mais perto de Deus que se podia estar.

Após o funeral de Maria, já na minha velhice, aportamos em uma pequena praia da Gália, quando soube que, revoltado com o crescimento cristão e as constantes revoltas judaicas, por volta do ano 70, Tito destruíra completamente Jerusalém. Os meus filhos estavam em paz e aprenderam a pescar no pequeno vilarejo em que vivíamos. A mensagem de Jesus se espalhava pelo mundo, enquanto suas sementes cresciam debaixo de meus cuidados e, cada vez que eu molhava os pés no mar, era como se meu marido estivesse vivo ao meu lado.